愛瑪 著
轉身，
遇見彩虹
Over the Rainbow

目錄 Contents

推薦文1

人生縮影的咖啡館

以我這個Zabu的守門員來看這個發生在我店裡的想像戀情事，最近這個時代實在很流行三角形情事，大概也是這樣的構成平衡，複雜、相互對應中取得穩定。破壞是這一切的概念，吵鬧的關係——保護表面張力的形容詞——成為了我們了解某個故事或是某個人的先行步驟：Zabu的門口、女生大於男生、來來去去、慣念，每個人都足以建立起我充滿猜想的斷層。開始，我都是觀察女性的表面；這次，卻是植入敘述著幾位女性內心底層的動作——充滿著強迫以及期待：喘不過氣的吸煙、金牛座的矜持、身材、關閉性的裝扮。我所要講的，是那種觀看的勇氣，其實一直抱著有點高度的緊張，但是作者的思想精準融合了突變的氣氛：有幾杯whisky、幾杯咖啡，都在這裡，衝突的安排了人選以及路徑的走向。我，在不合理的裡面，只是個弄咖啡的，多了點白花花的觀察角度，等待著純真的信賴。週三的愛瑪，七點開始不用工作，算塔羅，揮揮手心，老闆再次的端上咖啡。劇情，理所當然的再次擁擠：幾位穿著格子襯衫的大哥——我看過本人，確實令人迷戀、帥氣、引人遐想。多重的地方、身分、說明了時間不會改變的性格，結果再次與這樣的自己相遇，加上日本柴犬的流浪眼神、感情線不會斷的

Emerald——綠色小鸚鵡、可愛的世界，這樣氣憤的監督著每個人的內心命運：愛瑪寫的書、我煮的咖啡，都是靈魂的展現，為了深愛的東西所掙扎，迷走溫柔彩虹，Zabu Cafe總是適合下雨，但消失不見，很久沒見的很多人、很多種的壓抑，匆匆流過的意識，好不容易要熄滅的戰火。

充滿力量的歌聲　不由自主的站了起來
古典樂　巴哈　蕭邦F調的爛漫
分手　恨意　淚液　二分之一的拿鐵
男朋友　我的甜蜜女友　歐　我失去太多的信念
才二十二歲　回憶感　蕾西艾琳中與我們漸漸走開的直率
不忍讓我懷疑著她們星座

希望這本書能夠漫長、扎扎實實的活著，很多的感情能夠得到學習、負責，晚安。

Zabu咖啡　狀態老闆

推薦文2 無懼的愛

謝謝Emma邀請我寫序。

當我告訴我的經紀人，我要為一本愛情小說寫序時，她毫不顧情面地「噗嗤」一聲笑出來，以一句「妳要寫什麼？」結束了這個話題……

也對，雖然我和書中的女主角們是同齡人，但對於我這個二十一歲就跳進愛情墳墓，至今婚齡已超過十年的家庭主婦來說，已在風平浪靜的庇護所待太久，早已忘記我也曾有過那顆隨著愛情的大風大浪起起落落的心了。不過很妙，這本書如同一顆發泡錠，激活了我的記憶，讓我想起那個二十歲，不懂愛，卻奮不顧身，飄洋過海去追尋愛的小女孩。

以我媽的形容，我和我先生的婚姻是「瞎貓碰到死老鼠」。我生長在南京，當我二十歲，還在念大學時，因為在電視台打工，所以認識了一個比我大十六歲，只是去南京短暫工作的台灣男生。本來只想盡地主之誼，主動送上一個便當，沒想到後果一發不可收拾。台灣男生回台灣後，立刻展開「熱線你和我」攻勢，輕而易舉的擄獲了我那顆早已蕩漾的春心。少女戀愛時的勇氣是值得敬佩的，在和台灣男生隔海戀愛期間，我從沒來過台灣，只單憑信心，相信我是他唯一的愛；好友不看好，就斷絕友誼；媽媽反對，就以離家出走表示抗爭……總之，一年半後，大學一畢業，我就迫不及待地收拾好行囊，蹦蹦跳跳地，沒流一滴留戀的眼淚地漂洋過海去找我終身的愛了。

現在想想有些後怕，當初我隻身來台北，除了先生，沒有任何家人、朋友，光是適應環境，重新建立社交群就讓我痛苦了好一段時間。後來漸漸發現，兩個人因為是愛走到一起，但卻要靠更多的理解、包容才能長久走下去。幸好我的先生是個好人，一直遵守著當初的承諾，也幸好我們的婚姻一直走在上帝的祝福中。我的故事，結局不算壞，可再讓我走一次，我應該再也沒那個膽了。

因此我十分佩服書中那三個「大齡單身文藝女青年」，儘管都曾經被愛傷害，抑或對愛迷惘，但都依舊有一顆渴望如飛蛾撲火般追求真愛的少女心。也真心羨慕她們三人那彼此扶持，相互取暖，為彼此祝福的窩心的友誼。我相信，正因那友誼，她們才有那顆無懼的心，因為不管天氣多冷，總會有取暖的地方。

By the way，因為Emma有珠寶設計師背景，她在描寫品嚐美食的過程如同雕刻寶石般鉅細靡遺，讓我邊閱讀邊暗自下定決心，一定要把書中的食物都吃一遍！因此從開始閱讀至此稿完成，我已胖了一公斤！

最後，祝即將要去舊金山工作及尋愛的蕾西一切順利！等妳回來，我們再一起瘋狂練瑜伽！

自序

感謝那些陪我走過這一段的好友們……

我自己（不紅的愛情作家），艾琳（Pub駐唱歌手），蕾西（葡萄酒進口商），A（品牌代理商），B（蕾西的男友，半導體區域經理），D（艾琳的小屁孩男友，不紅的模特兒），F（古董商），R（食品代理商，馬來西亞人，是愛瑪的同性戀閨蜜），Zabu老闆藍大為，細心貼心的編輯欣怡，以及我親愛的精靈王子哥哥。少了他們任何一個人我便寫不出這本書。

基於保護隱私立場，我適當地將每個人的行業都做過理想的調整。

都說了，寫作是作家關起門來跳的一場脫衣舞，我自己脫就脫了，實在沒有道理，為了生計，硬是叫著眾人陪我一起脫。

愛瑪

1 那個狠女孩與那隻傻鳥。

下午三點五十分，台北，Zabu Cafe。

「喂，愛瑪，今天晚上我去接妳出來吃飯吧！妳想想要吃什麼？我來訂位。」電話一端傳來艾琳急迫的聲音。

新加坡人的她一急起來整個中文俐落的腔調就讓人不知不覺跟著慌。

「哼？嗯，喔！」我以彼此熟識的外星語回答後她就一句再見也沒說地掛了電話。

這就是艾琳。跟妳熟了，就沒了分寸。可是她的跟人沒分寸，不知怎地，叫人深深感到榮幸。一種妳知道自己被她信任，被她依靠的榮耀感。

「這小妮子又談戀愛了吧！這樣好禮數地急著要來接我找我吃飯，圖的肯定是飯後的塔羅時光。」我對自己說。午後的Zabu Cafe，空氣裡飄散著淡淡的閒散。

我正在等人，等一個人。

這就是女孩：戀愛了，就會迷信。忙著算命、查星座、合八字、看風水，彷彿全世界都停止了動作，都靜止了聲音，只有她的情人能說、能笑、會發光。誰說愛情沒有魔法?!這魔法我看可大著了。

我認識艾琳的時候，她十九歲，我十八歲。在愛丁堡晝長的夏天，我是新進的轉學生，剛剛從巴黎索邦大學文學部轉來，每每要開口，中文、法文、日文，英文就爭相搶著出頭，於是總是落得結結巴巴，什麼話也說不出說不好的窘境。

在學校的健身房遇見她的時候，她正推開舞蹈教室的玻璃窗，將輕輕紮著馬尾的頭探出去猛吸煙，吸煙的時候，有股狠勁。我不自覺地縮了縮身子，有些怕她。白白有著一百七十三公分的身高，從小在學校不得女孩子緣，被霸凌大的我怕著怕著，就變成了有些孤僻的性格。

艾琳約莫是感受到了我目光的溫度，緩緩回頭。有那一剎那，我以為她會將我拖去洗手間扁一頓。意外地，煙圈之後的她笑了，用她異常甜美響亮的聲音劃破了午後愛丁堡的靜默，對著我說：「Hey, you! What's up, silly bird?」

後來，艾琳跟我說，她看見我的時候，就納悶：這隻身子高高、腿長長、紅鶴般的女孩時空凍結般地釘在舞蹈教室的木質地板上，傻個什麼勁？

那一年，身高一百六十三公分、體重四十七公斤、D cup、體脂肪18的艾琳與身高一百七十三公分、體重五十六公斤、B cup、體脂肪17的愛瑪相遇了。回憶裡後來她們從此不再分開。就算這中間她們各自談了多場戀愛，換了許多戀人，她們的手機裡都特別為對方設定了《Uptown girl》的來電鈴聲。不管這中間相隔多久的歲月，只要她們一見面，艾琳還是那個散發狠勁的吐煙女孩，愛瑪還是那隻凍結時間的傻鳥。她們是BFF，Best friends forever。

其實，從愛丁堡分別後，她們各分了東西，艾琳去了澳洲追愛，後來當了Pub駐唱歌手。愛瑪去了波士頓追愛，後來考取了珠寶鑑定師與珠寶設計師的執照，當了珠寶設計師。多年後命中注定的聚首，是因為愛瑪跟艾琳的表哥A相戀而後黯然分手。

2 她談的分手，遠遠超過我倆談的戀愛。

在愛丁堡的第二年，愛瑪遇見了第二個D cup女孩：瘋狂迷戀瑜珈、身高一百七十公分、體重五十五公斤、體脂肪16的荷蘭華僑，蕾西。那一年，蕾西十八歲。

我跟艾琳剛剛跑完步，相偕去學校的酒吧吃飯。一推開門，就看見穿著白色合身小可愛、搭上超級小熱褲的一個東方臉孔女孩倚著窗台坐著，夥著一群西方臉孔的男女瀟灑地喝著single malt whisky。午後的陽光灑了進來，照在那個有著古銅膚色的超短髮辣妹臉上，空氣裡瀰漫著無法忽視的女性費洛蒙。

「Hey, girls! Come sit with us!」這個新來的女孩對著我們招手，喊了一聲。她的聲音裡沒有半點的生，姿態自然地反客為主。沒有人可以對她那洶湧而來的熱情說不。我和艾琳瞬間改變了方向，朝她走去。這就是蕾西——在她的眼裡彷彿沒有不喜歡的人。也許是因為這樣，每個人都喜歡她。

蕾西明明是我們三個中年紀最小的，我們卻不由自主地老是聽她做的主。也許女孩圈裡有著這樣的公式——誰談的分手比較多，我們就得乖乖聽誰的話。這個蕾西就是那個誰：什麼都要贏，什麼都能贏。跑步跑得比我們快得多，戀愛談得比我們多得多，酒量比我們好得多，飯也吃得比我們多。

我跟艾琳在她面前一直輸，總是輸，從見面的那一刻就輸了。

這個女孩，總是想贏的。一個以野心為動力運轉的女孩，在離開愛丁堡後，風風光光地閃電結婚，嫁去了智利，跟著開酒莊的丈夫一起種葡萄。然而，就在我和艾琳還在羨慕她童話般的幸福時，蕾西一如結婚般地閃電速度，斷然地離婚了。愛情的開始就在瞬間，凋零或許也在一瞬間。我們都還來不及轉換心情，蕾西的故事就已經換了章節，換了男主角。

下午四點三十八分，還是Zabu Cafe。

「蕾西，我們今晚見面，來嗎？」跟艾琳講完電話不久，我給蕾西撥了電話。這是不成文的公式：如果三個人都在台北，那麼，要約就一起約。「好啊！約哪裡？確定後傳簡訊給我，我到。」蕾西爽快答應。對我和艾琳來說，蕾西總是好約的。在她的眼裡，沒有所謂重色輕友這件事。如果沒有特別的要事，她總是會赴約。她的字典裡，沒有一大堆的可是。

原本分散三地的我們，一一因為感情的結束，最後落腳台北。艾琳從新加坡搬來台北駐唱，我放下設計圖改寫愛情小說為生，蕾西卸下了人妻的身分成了葡萄酒進口商。我們的人生都有了變化，可是，在我們彼此的眼中，我們依舊是當年的我們。

因為敲不出個地點，後來我們就約在我打工的Zabu Cafe見面。因為有一次跟一個朋友來到這家咖啡屋，太喜歡這家咖啡屋的咖啡與氣氛，實在不想離開，索性就在這裡打起工來。時薪不高，但是時間彈性，有免費的咖啡可以喝，有免費的飯糰可以吃。咖啡是老闆煮的，我進不了吧台。負責的工作只有一個：端咖啡。

每週三晚上七點後我都不排班。因為，過了七點，我就不端咖啡了，我改算塔羅。一個晚上只收三個客人，一個問題一百塊，一個客人最多可以問三個問題。很多客人都問：「為什麼只有禮拜三？為什麼只收三個人？為什麼最多只給問三個問題？」我的答案只有一個：因為我高興！這就是當塔羅算命師的好處——可以很隨性。我有三個工作：寫小說，端咖啡，算塔羅。巧妙地平衡我想要的自由與任性。

來Zabu的時候，蕾西總是點爪哇，熱的。艾琳總是點Americano triple shoot。在Zabu的工作算輕鬆，唯一的原則就是：一秒不差地將咖啡完美送上，精準地一如米其林三星法式餐廳的完美料理。Zabu有個神祕主廚，就像深夜食堂的酷老闆般，可以巧妙地變出你想吃的料理。這裡的Menu是沒有餐點的，但是你可以點餐，你想要吃的東西總會變出來。

七點左右，蕾西先到了。蕾西總是比艾琳早到，如果哪一天艾琳不遲到了，我們反倒會覺得自己肯定是遲到了的。「一杯爪哇，跟吃的。」蕾西一邊脫下圍巾一邊跟我點餐。

我將辣妹氣質的爪哇送上後跟老闆打了暫停的手勢，意思是：我下班了。

我下班的時候，老闆就會自己煮咖啡，自己送咖啡。這裡的客人總是乖乖等著，不會抱怨。這個餐廳瀰漫著一股氣息：坐著等，咖啡會完美送到。

「我戀愛了!!我完蛋了!!今天一整天，我盯著電腦的出貨紀錄，腦子裡沒有半點思緒，就是想著那個人。他的臉成了我的電腦新桌面！我什麼都看不到！就是一直想到他說的話，他的臉。」蕾西一開口，就劈哩啪啦說著，不給人半點喘息的時間。

「在飛機上認識的那個人？那個體脂肪13？」我沉默了三十秒，在記憶裡快速搜索著資料，突然想起蕾西半個月前跟當時的處女座情人飛去舊金山度假時，在飛機上巧遇的美國人B。

「對！就是他！」蕾西激動地臉都泛了紅，彷彿在慶幸自己不必大費周章地將故事細說從頭，有一種省事的輕鬆。我這個人也許沒有別的長處，對於別人說的話，倒是記憶力驚人地好。也許是多年前當口譯的嚴格訓練，腦子有個小小的檔案夾，會將發生的人事物，根據年份好好分類歸檔。

「一百塊！」我伸出了右手，掌心向上。蕾西乖乖地掏出她的黑色短夾，遞給我一張不新不舊的紅色百圓鈔票。今天不是星期三，我可以隨意地幫朋友算塔羅，不必預約。

我拿出用黑色絨布仔細包好的塔羅牌，將絨布鋪好在桌上後，垂下眼洗牌。之後，示意蕾西默想自己的問題後抽一張牌出來。蕾西閉上眼半晌，抽了一張牌。這是蕾西第一次讓我算愛情方面的塔羅。我想這也許是她命中注定的相遇。離婚後這些年來，我不曾見她真正為哪個人這樣費心過，這樣患得患失的她是久違了的。

我將蕾西抽出的牌輕輕翻開；力量的正面。

圖片呈現的是一個美人輕輕撫摸著一頭趴著的獅子。

「這個人將會是馴獸師。而妳，是那隻獸。他會重新教會妳什麼叫做愛，什麼是羅曼蒂克。是個會推翻妳生命邏輯的人。這場愛情，妳會開始懂得什麼叫輸。」

我語音剛落，總是急沖沖趕到的艾琳正好推門進來。蕾西的臉彷彿被抽走了動力，像一枚空白鍵。

「老闆，一樣的和吃的。」艾琳逕自走向吧台跟正專心煮著虹吸式單品咖啡的老闆點了餐，踩著四吋金色細跟高跟鞋，穿著skin-tone skin tight mini-dress的她，旋風般擠到我身邊。我正低下頭重新洗牌，她遞來了一張嶄新的紅色百圓鈔說：「給！一個問題。快！快！」說完，她推著身邊依然呆愣著的蕾西，嚷著：「讓讓，讓讓嘛，該我了！」蕾西以超乎現實的慢動作，彷彿失去重力般的以漂浮的姿態移動到了隔壁的桌子。靠著窗，望著夜色的她，化成了一個蛹，像一個繭，情絲緩緩緩緩將她纏繞。

愛情，總是可以讓最聰明的人，瞬間變傻。那是片流沙，妳越是掙扎，就陷得越快。

我收回望著蕾西的眼神，垂下我仔細刷上睫毛膏的睫毛，有些心酸地想：「我真羨慕她」。

3 在愛情裡，我們都是心甘情願的愚者。

「好啦，加碼再送幾句話給妳。
蒙田說的『誰按規定去愛，誰就得不到愛』，
艾琳，妳現在三十五歲，
如果妳覺得那是個數字，
那麼他的二十歲也只是個數字。
你們相隔的十五歲不過又是另一個數字。
妳真正該在乎的是彼此心的距離。
在我眼裡，妳永遠是那年的十九歲。
我們相遇的那時，
誰也沒想到，我們走著走著，
就一同走過了十五個年頭。」

3 在愛情裡，我們都是心甘情願的愚者。

「硬摘的瓜不甜，硬催的塔羅不會準。」我一邊低頭專心洗牌，一邊聲調嚴肅地跟催促我的艾琳這樣說。洗好牌，我抬起頭，看見艾琳正專注在她iPhone 5的小小螢幕裡。那是我陪她去買的手機，她堅持要最新最酷的手機。其實她那隻跟我一起去買的iPhone 4S根本還沒壞，可是艾琳一轉身就將它送給了她在新加坡的妹妹。蕾西和艾琳都相繼在一週內換上了iPhone 5。黑色的，酷炫的黑色，一如她們兩個俐落閃亮的辣妹風格。只有我還在用我的白色4S。我之前那隻iPhone 3GS整個壞掉修了十次也修不了才不得不換上的4S，我總是一邊用一邊想念我那3GS輕巧耐用的美好年代。

「啊哈！Here we go!」艾琳遞給我的小小螢幕上，浮現著一張男孩的臉。是男孩，不是男人，真的是個男孩！不是「看似男孩，實際上是個男人」，事實上就真的是個看起來約莫二十歲的男孩，ＡＢＣ的氣質，看起來還沒有當兵的模樣。

「那麼妳就想著這個人，在心中默想一個問題，然後，pick a card。」我不動聲色地說。此時此刻，我不是艾琳的蜜友愛瑪，是塔羅師愛瑪。

再說，我們三個談起戀愛，一個比一個任性。我們三個都早就學會：如果無法祝福，那麼就試著不要反對。如果艾琳決意要談一場與世界挑戰的愛情，那麼我會什麼都不問地站在她的身後，為她守候。相對的，我知道如果我也有那麼一天，那我不必回頭，就知道她一定在我身後。那一年的愛丁堡，我們一起去淘了金。那枚叫做友情的金幣，就印在我們的心上。

我靜靜將艾琳挑選出來的那張卡翻過面來：愚者的逆位。

畫面上是一個跪坐在地上的少年，眼神望著遠方。他的後方，有一個長髮的美麗天使依著他站著，一種似乎要觸及，卻仍未觸及的距離。

這時老闆剛好抓住空檔將剛剛煮好的咖啡送上來了：Americano triple shoot。

「妳先喝妳的美國佬咖啡吧！我去一下洗手間。」在我的情緒爆發之前，我踩著我的灰色蛇紋芭蕾舞鞋倉皇逃進了轉角的洗手間。望著鏡中的自己，我輕輕地拍打自己的臉頰，深深地呼了好幾口氣，試著一根根拔掉我腦子裡的激動，努力抓回人前總是顯現的淡然。很多人不知道我的這一面：淡然氣息下深深掩藏的暴烈。

更年輕的時候，我是很直接很暴烈的。想說就說，想做就做，莽撞衝動地就像手中握著一把鋒利的寶劍。胡亂揮舞，慘劇遲早會發生。然後，就真的有那麼一天，有一個人，左臂泌泌流下的血，殘忍地教我學會：直接的語言會傷人，不隱藏的情緒會傷人。我多麼希望，自己當時不是在傷害了自己最愛的人之後，才懂得這些道理。那個時候，我熱血單純，只會用自己唯一懂得的方式去愛人。如果有拳揮過來了，我直覺就是狠狠反擊。

「我就是這樣啊！要不然呢？」淺薄的無知，無知的自大。那時候的自己，是個小屁孩。曾經是個小屁孩的自己，有什麼資格去評斷艾琳的愛情。就算是她的情人，真的真的就只有二十歲，還沒有數過饅頭，還沒有當過兵，從來不知道什麼叫缺錢，還不知道什麼叫人生，我也沒有權利去評斷她的愛情。這個老是主張「男生可以愛男生，女生可以愛女生，烏龜可以愛兔子」，老是說著「能夠愛就是奇蹟」的自己，是不是成了一個用口號騙人的假面政治競選候選人?!說穿了，就是戴著這個美麗的面具去賣一本書，圖一個生計，我的包容只是一個包裝完美的謊言？

深深呼吸了幾口氣後，我掏出化妝包裡的大馬士革玫瑰香水，輕輕地將春天的氣息撒在耳後。這個習慣總是可以瞬間平穩我煩亂的心，讓心裡開出一朵朵雪白的玫瑰。推開洗手間的門，我用笑意迎向艾琳一臉的迫切。短短的十二步路程，我火速想好了如何將艾琳抽的這張牌，用一種負負得正的方法說明。關於愛情，我總認為重要的從來就不是發現問題的所在，而是找到解決問題的心態和方法。

在愛情裡，我們何嘗不都是一個愚者？如果當一個愚者，可以得到幸福，那麼，我願意當一個愚者。如果可以挽留住幸福，叫我跳火圈我也願意。我所知道的艾琳，從不怕去愛，只怕找不到愛。為了她愛的人，她從來沒有半點質疑。在愛情面前，她從來不是公主，一直都只是個愛傻了的女人。

「永遠記得讓妳心動的這一刻。不要去想永遠，永遠就來了。」我穩穩地望進艾琳被著急燃燒著的眼說。

「然後呢？然後呢？」艾琳不死心地死命搖著我，試著想要搖出更多的答案。她用力搖著我，那麼用力，如果我是一棵結滿果實的蘋果樹，肯定是掉了一地的熟蘋果。

今晚，艾琳繼蕾西之後，領取了二號牌。正如她們相繼訂購了黑色iPhone 5，如今也相繼陷入了愛河。

「好啦，加碼再送幾句話給妳。蒙田說的『誰按規定去愛，誰就得不到愛』，艾琳，妳現在三十五歲，如果妳覺得那是個數字，那麼他的二十歲也只是個數字。你們相隔的十五歲不過又是另一個數字。妳真正該在乎的是彼此心的距離。在我眼裡，妳永遠是那年的十九歲。我們相遇的那時，誰也沒想到，我們走著走著，就一同走過了十五個年頭。去年在曼谷的香格里拉飯店遇見妳，也沒多想，就將妳帶回台北來，不是嗎？有時候，人與人的緣份是很難說的，有些人這輩子就是注定會牢牢地被綁在一起。我們不說永遠，不知不覺反而永遠就來了。」

說完，我真想給自己鼓鼓掌。怎麼一張讓我看了有點心驚的愚者逆位牌，能被我如此正向解釋？那抹在艾琳眼裡跳躍的火花，我小心呵護著，不想讓那抹閃耀就這樣熄滅。艾琳是個靠愛情來呼吸的女人，如果她是個不老的美麗吸血鬼，那麼愛情就是她無法或缺的鮮血。

天知道，三十歲之後的我們，遇到一場真正的心動有多難！我們都寂寞，於是，常常只能夥著彼此去百貨公司血拼一雙美呆了、難穿極了、貴爆了的高跟鞋，來重溫一下那種戀愛的心動不顧一切——付出慘痛代價，那股危險又微妙，牽動心弦的感受。我們都三十歲了，不是孩子了，不是少女了，卻也還不是真正的淑女。在愛情面前，我們都開始懂得計算風險，學會了提早抽身，不敢再像以前那樣奮不顧身，就怕自己會慘烈地屍骨無存。我們都變得太愛自己，變得再也不懂得何謂愛情。於是，真正刻骨銘心的愛似乎嗅到我們的心眼與遲疑，從此過門不入，不再來敲門。

「三十五、二十二與十三。」艾琳沉默了半晌，彆彆扭扭地吐出了三個數字。

「嗯？啊！喔！」我說著外星語，腦中翻譯著她的話：艾琳剛滿三十五歲，對方二十二歲，兩人相差十三歲。

「那麼，我可以愛他，是嗎？」艾琳怯怯地問道。在愛情面前，她像個小孩，柔軟、謙虛、單純。

「沒有一段愛情不被反對，沒有一段愛情會被所有人反對。妳問了就輸了。也許，愛情裡多多少少都需要一點勇敢與自私……」我說著說著，不覺有些黯然。

「那麼妳為何跟A分手？別人的愛情，妳總是搖旗吶喊，妳的愛情卻不容許我們置喙？有時候，我真想把妳跟我說的話，一字一句砸在妳那張說到自己的愛情總是淡然的臉上！妳是個蹩腳的演員，妳永遠演不出妳自己的真心！」

艾琳嗅出了我的黯然，趁著我瞬間閃過的一絲軟弱，見縫插針。半年前，艾琳在曼谷看著我和她表哥A的愛情在同一個夏天開始與結束。喜歡著我們愛情故事的她，一直不甘心。我們的愛情走著走著就沒有了後來。

「我跟A，是在分手後，才學會相愛的。」我說出了心中壓抑許久、近日一直浮上來的話。我跟艾琳這半年多來暗暗存著這個心結，我終於鼓起勇氣，咬牙乾脆地說了開來。

「只有愛瑪可以把分手說得這樣美。」蕾西不知何時走到我的身邊來，輕輕地拍著我的肩。蕾西總是這樣的，公關出身的她只要看見場面裡哪裡有冰點、有尷尬，她就會走過來兩三下輕鬆化解。

「所以她是作家呀。」原本雙眉緊蹙，繃著身子，總是為了A向我拔劍相對的艾琳放下微慍的怒意，忍不住笑了。

「不紅的那種。」我也鬆了一口氣，笑了。

九月，台北的夜，已經有些涼意了。我們一起坐在店門口的榕樹下，艾琳點起了她今晚的第一根煙。

「不戒嗎，艾琳？」我問。

「跟妳的咖啡一樣，戒不了。妳看看妳！為了咖啡來打工！」艾琳瞪了我一眼。

「戒不了的，就像愛情。」我說。

「都戒了，我們就不是我們了。」蕾西總愛來個智慧的一句。

我們三個輕輕地各嘆了一口氣，一起望向初秋。眼裡，都添了一股戀愛的迷濛。戀愛中的女人，是一種截然不同的生物。

坐在左邊的艾琳背上寫著「戀」，坐在中間的我背上寫著「愛」，坐在右邊的蕾西背上寫著「了」。

我們三個不知不覺已經開始各自書寫著新的章節。

很多人，不知道失戀也是戀情裡的一部分。很多時候，一份愛在失去之後，才真正開始，真正點燃。

今夜，蕾西，已經愛了。艾琳，正要戀。我，發現分手也是一種愛。那種人真的存有一種人，幸福的時候，感到恐懼。失去時，反而感到安心。那種人真的存在。我終於發現：**I am one of them**。

「我想要談一場戀愛，一場讓總是伶牙俐齒的我半句話都說不出來的戀愛。一場徹底將我一直以來自顧自的邏輯摧毀、搗碎、重組的愛情。」夜色裡，我輕輕地嘆了一口氣，聲音送進微風裡。

「又來了！」蕾西戲謔地說。

「對這個愛瑪來說，人生就是一幕幕場景。動不動，就來個一兩句偶像劇的對白。那一年，我們真該將她留在蘇格蘭高地演舞台劇！」艾琳說著，故意將她今晚的第不知幾口煙吐在我的臉上。

我們三個是三個相連的轉輪，一個轉一個，總在其中一個累了的時候，幫著轉。就這樣轉著轉著，我們一個都沒生鏽。

十一點五十九分，差一分十二點。這一分鐘的時間裡，艾琳與蕾西有一搭沒一搭地說著話，而我則靜靜地等待著。

Zabu的招牌燈熄了。我們三人的身影沒入了淡淡的路燈餘光中，我將眼神往左邊的小斜坡移去。

「嗯，來了。」我低聲地說。

米洛桑的焦糖色身影輕快地向我們奔來。米洛桑是隻年屆不惑的柴犬——日本柴犬，跟我一樣有一雙單眼皮的眼睛。

在米洛桑身後出現的是腳步總是帶著奇妙節奏感的F。如果他人在台北，就會帶著米洛桑出來散步。

出現的時間總是下午五點或晚上十二點。

下午五點或晚上十二點，或是根本不出現。

4 兩杯 single malt，一杯 on the rock，一杯不要 rock。

Over the rainbow

我低下頭沉默著，
卻在心裡無聲地說：
「你望著我問這句話時，
你看見的是我，
還是那依然緊緊抓住你心的初戀？」
我實在問不出口。
只好將左手輕輕疊在他因為方才握著
威士忌杯而有些冰冷的右手上。
寂靜降臨了，我們倆不再開口，
卻奇妙地明瞭彼此的心意。
所謂上輩子是情人這種事，
也許就是這種感受。

4 兩杯*single malt*，一杯*on the rock*，一杯不要*rock*。

某一年的夏天，愛丁堡。

蘇格蘭的夏天，白天長得很奢侈，到了晚上十點，天還是藍的，一種比地中海天空的藍還要稍沉一點，有一點帶灰偏紫的色調。

我跟F，並肩坐在吧台，他的手中有一杯single malt whisky on the rock（單麥威士忌加冰塊），我的眼前，有一杯一樣的，只是沒有rock。

穿著黑色Polo衫加上深色牛仔褲的F高大俊朗，身高約一九〇，有些飄霜了的頭髮，氣質很像早年的李察吉爾，有種看盡了人生卻還滿是溫柔的眼神。

來到蘇格蘭，不能不吃Haggis，不能不喝whisky，我的酒量一向不好，但是我喝whisky，那是我用一段初戀換來的品味。

沒有人知道F真正的行業，傳言有很多，例如他的妻子是某個Mr. Big的女兒，他是某個品牌的代理商、音樂家、古董商，甚至有人說，林志玲是他的女友，周杰倫在他的別墅拍MV。然而以上這些都猶如蘋果日報、壹週刊的八卦報導，雖然很有娛樂效果，卻沒有人會真正深究這些消息的真實性。畢竟，當妳跟一個人坐下來，喝上一杯single cast single malt的whisky時，妳身邊那個人單純就是一個人，一個身上沒有任何標籤的人，妳跟他說話，只是因為妳想跟他說話。

這是我第一次見到F，我的腦海裡，只是想著on不on the rock。

然後，我們又多喝了幾杯，不知為什麼說到了古典音樂。

「我喜歡蕭邦，因為他是個詩人般的音樂家，浪漫、淒美。」我說，臉紅得像隻煮熟的蝦子。想起了那個總愛彈蕭邦給我聽的初戀情人。

「真正浪漫的是巴哈。」F簡單回答，語氣裡沒有半點妥協的空間。

「巴哈？巴哈應該算很華麗吧，一個連休止符都華麗至極的音樂家，如果浪漫的不是蕭邦，也該是《愛之夢》的李斯特！」我有些激動，大概是想起了什麼，於是拚了命地跟這身邊熟悉了的陌生人嚷嚷。

「真正浪漫的是巴哈。」F語氣平穩，然後，劃下了句點。

「妳真是個難搞的女人。」F接著補上一句，說完便低頭擦拭著他的英國古董純銀甜點刀叉，溫柔擦拭著，眼神柔軟地像望著初戀情人。我們兩人的對話，F不得不用了很多個「listen」，這個「listen」對我來說，正如一個被催眠的人，聽到的解語，得以瞬間從自己的世界醒來。

「我的初戀傷我很深。我去當兵的時候，她一轉身就變心了，理由只是我無法常常陪在她身邊，變心地那樣理直氣壯。我永遠記得那種痛，我總是想著，『為什麼擁有了我全部的愛的她，不能為我守候等待，等我回來？』男人總是要上戰場的，離開愛人去打仗的男人，是將心留在愛人手心上的，即使戰爭停止了，不必催促，男人也會馬不停蹄地歸來。愛，不一定要時時刻刻的相依相偎；愛，應該是縱使你在天涯海角卻總是想起她，那種最遙遠的貼近。」F低著頭看著右手握著的酒杯，彷彿那琥珀色的液體上清晰地映著揪心的回憶。威士忌是男人不輕意落下的淚。給男人喝上幾杯威士忌，常常可以找到通往他緊閉心扉的捷徑。

「那很正常的，你一定深深愛著她，也寵慣她了，她已經習慣身邊有人陪著，你一去當兵她必定會感到孤單寂寞，這讓一旁溫柔呵護的追求者有機可乘，被追走是遲早的事情。換作是我，我也會被追走的。」話一說完我就知道我失言了，明明是想安慰他的，卻造成了反效果。

「那麼妳們只懂得被愛，沒有說自己懂得『愛』的資格。」F臉色有些沉地說。

「都被寵壞了，因為愛來的太容易。」我面有愧色。

「真是的，怎麼在這樣的夜裡想起了如此難以回首的往事。」F放下了手中的杯子，望進了我的眼裡，不知道為什麼我知道他在我的眼裡尋找那個依舊牽動他心弦的靈魂。「妳對我……沒有一點點心動的感覺嗎？」F出乎我意料地對我這樣說，他的眼神直率，沒有半點閃躲。

我低下頭沉默著，卻在心裡無聲地說：「你望著我問這句話時，你看見的是我，還是那依然緊緊抓住你心的初戀？」

我實在問不出口。只好將左手輕輕疊在他因為方才握著威士忌杯而有些冰冷的右手上。寂靜降臨了，我們倆不再開口，卻奇妙地明瞭彼此的心意。所謂上輩子是情人這種事，也許就是這種感受。

後來，他的朋友紛紛來了，夜深了的時候，我醉了又醒了，他的朋友一一醉了，F離開去洗手間的時候，他的朋友們，望著他踩著巴哈樂音的華麗背影，在我耳邊說起他，「這個人，是個legend。」

如果，妳真想了解一個男人，那麼聽他的老朋友在喝醉的時候說起他，那將會是最真實的「他」。

好奇之下，一向不愛任何冰點以下東西的我，偷偷地喝了他的一口on the rock，在嘴裡紛紛爆裂開來的煙花，是一個個獻給睡美人的吻。

F走回來的時候，正看見我拿著他的酒杯紅著臉，發呆。

當他在我的左手邊坐下來的時候，我將杯子交給他，我望進他黑曜石般的眼睛裡，突然發現自己換下了女扮男生的裝扮，突然變成一個真正的女人了。

「睡著了嗎？」F低聲問著將頭依著他靠著的我。

「沒有，醒著。」我說。已經想不起來有多久沒有將自己倔強不肯垂下的頭倚著誰靠著了。

F用手輕輕撥去我垂落臉頰的髮絲，一股強烈的電流從他的指尖瞬間傳達我的心窩。這對我來說，是一種極為新鮮的感受，就像眼見著就要替因電力不足畫面即將轉暗的**iPhone**及時接上插頭，讓光明趕走了黑暗。

我想，在我還不了解愛情的時候，我已經愛上他了。

那一夜，F醉了。都說帶著心事喝酒的男人容易醉。夜深的時候，酒醒的我輕聲問坐在我身邊闔著眼睛正要進入夢鄉的F說：「你知道我是誰嗎？」

「愛瑪。」F沒有半點猶豫地回答。

我胸口因為滿滿的電流不斷擂著心臟唆使我去做了一件日後想起來都覺得不可思議的事：我輕輕地在他的唇上印下了一個吻。

隔天一早，懷著心事的我搭上飛機，離開了愛丁堡。命運將我們拉遠。他有他的戰場，我有我的歸途。

後來，我們先後回到台北，終於相聚，相隔了多年距離的我們依然如異極的磁鐵般一相見就緊緊相吸。只是，如今各自背負著情債的我們只能維持著一種如斯里蘭卡藍色月光石光暈般的曖昧，誰也沒有勇氣向前跨越一步。如果說，我們的相愛注定了有人會深深受傷，那麼我們都有默契地往後退一步，遠遠地為彼此祝福守候。我後來一直沒有勇氣問他，是否知道那初見的夜裡，我偷偷地獻給他一個吻，這一直是我心中最為甜蜜的祕密。

5 誰偷看誰的手機，誰就輸了。

台北Mono mono Bar，晚上十點。

「我偷看了！我偷看了！」蕾西一走進店內就直嚷嚷。

「嗯？啊！喔！」我放下了手上的single malt whisky不on the rock，安靜地等她將故事說完。

「昨晚，他去洗手間的時候，我偷看了他的手機，查了他收發的簡訊！」蕾西一邊脫下她的圍巾，一邊有些氣急地說著。

「他回來了之後，不知道為什麼馬上就發現我偷看了他的手機！」她連忙在空白的五秒鐘後補上這兩三句。

「我鄙視妳，但是我同情妳。」我一邊將menu遞給她一邊說。

「是吧！是吧！我從來沒有做過這種事，我一向鄙夷這種事的，可是，我卻忍不住做了，最慘的是，馬上被抓包！快點快點快點，我們快點說，B跟F馬上就要到了，我就是趕著要早點來跟妳說這件事的。」蕾西不住地哀號。

她的表情令我不知怎麼地想起孟克那幅名畫《吶喊》，忍不住哈哈地笑了起來。

「愛情，是種不健康的癮，妳就把這些亂七八糟，見不得光的行為都歸罪給愛情吧！認真懺悔，B沒有不原諒妳的理由。不過，說真的，這一回合是妳輸了，輸得徹底，好久沒有看妳輸了。雖然將妳打敗的不是我，可是我胸口卻有種說不出來的暢快感啊！哇哈哈哈哈！這世界還是有神、有正義存在的。」我指著蕾西秀氣的小鼻子不住地笑著。

「別笑我了。結果，他的手機裡什麼也沒有，一切真的都是我多心了，這可真糟糕，我非得自己偷偷看了，去求一個證據，這是一種病吧?!是吧?!是吧?!」蕾西接著說，短短的髮上凝著不知是急出來還是趕出來的汗水。

「就像潘朵拉的盒子，一旦打開了就永無寧日。」我說著，接著用手輕輕撥去她滑落到耳際的汗水。

蕾西的戀情，一旦展開整個城市都會知道，她是個不知道什麼叫做低調談戀愛的人。

一班從台北飛往舊金山的飛機，讓一起坐著的四個人，戀情全部重組，蕾西和當時那個一開始展開戀愛就分合不斷、復合了又分手、分手了又復合了不知幾百次的處女座戀人，終於因為被閃電擊中般愛戀上的B的介入，徹底劃下休止符。

動的可能。

B和當時已經在談判離婚的妻子，也因為蕾西的出現，讓他相信再一次真正心動的可能。

B高大健美，就算理光頭也很有型，皮膚黝黑有著陽光的溫度，跟蕾西一樣都熱愛瑜珈，休閒時喜歡穿著運動風服裝的他，跟蕾西站在一起十分般配。聽B的朋友說，B很有異性緣，因為他溫柔、體貼、熱情、負責，永遠充滿正面思考。難怪蕾西總說B是她今生的救贖。我第一次見到B的時候，B跟我提起當時是他跟蕾西相識的幾月幾天幾分幾秒時，我笑彎了腰，心裡想：「這個人是外國羅曼史裡跑出來的角色吧！」這樣熱情滿溢的B與理智至上的蕾西，形成一個有趣的對比。

兩對怨偶，因為一個夜晚的班機，拆開了，重新組合，誕生了一對新的戀人。

這個月，她飛舊金山，下個月他來台北，他們的戀情，就在飛來飛去，分分離離，想念來想念去那樣，一道色彩畫過來，另一道色彩畫過去地，畫出了一道彩虹。

好久，好久，沒有看過蕾西如春天盛開的薔薇般甜蜜的笑了。

她笑了，所以我也跟著笑了。

至少，我們之間，有一個人先發現了愛的可能，那個人是蕾西，也應該是蕾西。

因為，她總是跳得最高，飛得最遠，跑得最快。

夜，更深一些的時候，穿著白色休閒運動風的B來了，穿著白色襯衫搭上深藍色jeans的F也來了。

艾琳，不用說也知道，她今晚不會來了，明晚也不會來了，這個星期，這個月都不會來了。她正躺在她情人的懷抱裡。

一個老是重色輕友的女人，可是，我們還是喜歡這樣的她。

如果，有一天，妳有幸談一場能讓妳眼裡只見情人，忘乎友人的戀愛時，那麼妳就會知道，何時該閉上想說點什麼的嘴。

6 這是一場單程旅行*and you are not invited*。

下午三點五十一分，台北，氣溫三十度，Zabu Cafe。

艾琳推門進來了。她身穿一襲亮白色的低胸貼身迷你洋裝，腳蹬十二公分的高跟鞋，臉上戴著時髦的雷朋眼鏡。用鼻子聞，我就知道，她的愛情著火了，正冒著縷縷黑煙。

這個女人，最近熱戀時總是T-shirt、jeans、Converse。如果，哪天她來個大濃妝、小迷你裙、超高細跟高跟鞋，那麼就是事情不妙了，正如今天。

「一樣的？然後加雙份的布朗尼？」我走近她問，試著嗅出這次的災情。

如果，她點頭同意來個雙份布朗尼，那麼，雷朋下的不是美豔的煙熏妝，而是哭腫了的可憐泡泡眼。

「嗯，就這樣，You always know what I want。」艾琳今天的聲音乾乾的，不是歌聲充滿力量的女主唱應有的聲音。

「愚者的逆位。」我低聲對自己說，抬頭看看窗外的天空，下起雨來了，正好，這樣暫時不會有太多客人上門。

幫艾琳送上三倍濃縮的美國佬咖啡和雙份布朗尼後，我跟老闆比了個暫停的手勢，接著在艾琳的對面坐了下來，靜靜地等她開口。

「D的合約到期了，他決定簽新的經紀約，他說了，要回去澳洲。」艾琳說完，無意識地用叉子戳著我懷疑裡面摻有大麻葉令人著迷的神祕布朗尼。

D是艾琳的男友，剛滿二十二歲，澳洲華僑，模特兒兼樂團吉他手，艾琳愛慘了他。

「那麼，妳也跟著去嗎？」我直腸子地問，這對我來說是最理所當然的事，如果蕾西可以去舊金山，B可以來台北，那麼艾琳為什麼不可以去澳洲？畢竟，艾琳在回來亞洲之前，就曾在雪梨當歌手。

「I am not invited!」艾琳說著，都快哭了。

這是女孩的心思，可是男人都不會懂的，你可以邀她，讓她自己想清楚再拒絕，而不是連一絲絲的可能都沒有想到。

一句邀請都不給，一個陪在你身邊一百多個日子的人，在交換了我愛你、口水，與汗水後，一點點甜蜜的謊言都不給，這叫對方情何以堪。

「所以你們吵架了，是嗎？」我腦子一片空白，只好先丟出一個問題，來爭取一點思考的時間。

天知道，距離我的二十二歲是多久以前的事情了，我試著找回記憶中自己還是二十二歲時的心情。

「嗯，鬧得有點僵，現在的問題就是，要不是現在就馬上分手不見面，要不就是等一個月後他離開台北時，讓時間分手。」艾琳的聲音已經積滿了淚意。

「能拖就拖吧！至少多累積一點甜蜜的回憶，也許他會改變主意，想到問妳是否一起回去。」我說。這個艾琳只會說俐落的狠話，我根本不相信總是以愛情當氧氣的她可以憋著不去見他。

「看著他就是一種痛苦和不斷湧上的恨意，我恨他不如我這樣愛他，我不明白為什麼他的未來裡，一點點都沒有我？」怒氣擊敗了痛心，空氣裡散發著戰火後的焦味。

「緊緊抱住他，或是乾脆往後退，一段愛情，妳只能決定屬於妳的部分。」我一慌，就會開始瞎掰，說著一些其實不知道是不是道理的道理。

「當妳說要去巴西時，A說了要跟妳去的，他給了當下的真心，為什麼妳遲疑了？」這個艾琳，平白浪費了我溫柔安慰她的好心，老是用我的話來堵我的嘴。

「當下以為是玩笑話。總是這樣的，對的人，遇上錯的時間，也不再是對的了。」像警察質問犯人般，艾琳每每追問，我總不敢不答，我害怕失去她，我不想失去她。

「當時我身邊有別人，他身邊也有別人，就像都劃好了的位置，無法臨時更改，反正事情一直就不是那麼簡單的。」我趕緊又加了一句。

「既然如此，那我就跟去好了，看他怎麼辦，我就是要硬跟。」艾琳賭起氣來了開始瞎說，我所知道的她，不是這樣的。

她總是一股作氣，拼命去追求，一旦認定了得不到，就斷然放棄，那樣斷然，彷彿從來沒有愛過。

「妳談的戀愛，總是風風火火啊！我看不懂、看不懂啦！」我也賭起氣來了，整個棄守，從來我就不是個好的愛情顧問，我只會書寫，其實我一點也不懂愛情的邏輯。

「看來還是狠狠地將愛全部用盡吧！在他離開的最後一秒鐘，我都要跟他在一起，如果這些能量不用盡，我就要爆炸了，就算不能跟他相守，也要當一個讓他念念不忘的女人，我要在他的記憶中卡位，當永遠的第一！」艾琳說，眼裡燃燒著一股鬥志。

看來，真的是不能得罪戀愛中的女人啊！就算那個人是她正愛著的也一樣。

「妳是不打算原諒摧毀妳心目中完美愛情的他了，是吧？」不知怎麼，我開始有點同情D來了。

「愛跟恨這種東西，好像奇妙地糾結在一起了。好奇怪喔！怎麼感覺因為恨他，反而更愛他，因為就要結束，反而重新開始燃燒。」艾琳突然有種頓悟的神情。

「就像麻辣鍋是嗎？辣得要死，麻得要命，卻還是喜歡得不得了？」我說，有些幸災樂禍地笑著。

「咦？對對對！果然是作家。」艾琳拍著手，又叫又跳。

「妳等著胃痛吧！」我戳了她有些嬰兒肥的臉頰一下。

「老娘沒在怕的！」艾琳一如往常，撂出了狠話，眼神裡的鬥志持續燃燒著。

「為什麼我們總尋找著愛情裡的未來性跟不確定性？也許就是因為忙著擔心未來，以至於就搞砸了現在，因為太幸福所以恐懼？」我說。看別人的愛情總是看得比較清楚，這個問題我提出來問了艾琳，也悄悄問了自己。

「就好像搭一部遊覽車前往一處名叫幸福的地方，總是想問到了沒，到了沒的感覺吧！沒有目的地的奔馳，總是叫人有點害怕。」艾琳難得說出一句很浪漫的話，一直以來她都是一個用坦率包裝自己的深情女子。

「大概是太喜歡身邊的伴侶了吧，所以很害怕他就要提早下車離開，所謂人生這條路如果沒有一個好伴侶，真的是無聊爆了啊！」

「說起來，我跟妳一起睡過，親吻過，擁抱過，摸過妳的大腿，我好喜歡妳，相信妳，我們在一起好快樂，我好喜歡跟妳一起旅行，可是那還是不一樣的啊！」艾琳忍不住開起玩笑來了，笑了開來的她，露出了剛剛美白過的漂亮牙齒。

「就是那一點的不同，造成朋友與情人的唯一差別呀！所以夜夜擁抱妳的是D，不是我啊！」我也笑開來了說。

「那，妳倒說說，妳比較喜歡跟我睡，還是跟蕾西睡？」艾琳用她剛剛做了水晶指甲的手指頭戳了戳我的肚子。

「老實說，我最喜歡跟妳們一起睡，我睡中間。」我一邊閃一邊笑著回答。

艾琳與蕾西，有時候因為性質太相近了，一不小心就會擦槍走火，鬧了開來。於是，三個人的時候，我總是坐在中間，走在中間，睡在中間，正如蹺蹺板中間的那個軸。

下午四點五十九分。

我走回吧台，艾琳迫不及待地掏出她黑色香奈兒2.55包裡的香煙盒和黑色iPhone 5。

幾乎是奔跑地速度，逃到店外頭榕樹下，燃起了一根細煙，以當年我在愛丁堡初次見到她時的那一股狠勁，深深地抽了一口煙，然後，像用力要將相思吐了出來似的，將白色的煙吐進了十一月初的台北傍晚。

五點整，米洛桑從小斜坡上以愉悅的步伐跑了下來向艾琳奔去，五點零壹分，門被推開了，米洛桑睜著他帥氣的單眼皮難掩興奮地走了進來。

「一樣的。」跟在聲浪後的應該是平日總是穿著黑色Polo衫，搭上深藍色jeans，與Timberland深咖啡色經典鞋的F。

我有些驚訝地發現，今天的F穿了一件紅白格子的長袖襯衫，兩邊的袖子各捲上來了一些，非常的適合他。我很想跟他說說這個發現，卻因為太想說了，反倒說不出來。

米洛桑一如往常好奇地東看看西看看，東聞聞西聞聞，然後，才有些無聊地躺了下來，這隻現在吃得頭好壯壯、毛髮柔亮、被照顧得很好的日本柴犬是F收養來的，聽說以前是隻受虐犬，我常常試著望進他那黑黝黝的眼裡，探尋著，卻什麼黑暗的回憶都找不到，一絲絲都沒有，神奇似地消失了。我好羨慕他，有時候我望著鏡子裡的自己，發現自己的眼神才像一隻受虐犬，那是回憶硬是刻下來的痕跡。

老闆煮好的義式濃縮咖啡上，綿細的奶泡上仔細拉著一顆比例優雅的愛心，一圈一圈一層一層包覆著美麗的線條。

「一杯熱拿鐵。」我將咖啡送上，不知道為什麼有些彆扭起來，不知道是不是因為這件紅白格子襯衫的關係。

這個人，喝著的是拿鐵，熱的，Zabu的拿鐵很是特別：一杯拿鐵，分成兩小杯先後上，只為了一種完美的狀態，熱的拿鐵，就該熱熱地喝，不該失了溫，正如愛情。

這是一杯真正的愛情萃取，熱的，分成兩次的節奏完美演出，是的，有些費力，但是，愛情本來就該費力，不是嗎？

我還是不知道巴哈是不是真的浪漫，但是我可以很確定地說，拿鐵是一杯很溫柔的咖啡。

我想起A，一個總是喝著義式濃縮咖啡的人，我也喝過，那滋味，總叫人忍不住輕輕皺眉，也許，是我不懂的，那滋味。

A的愛情在我還來不及感受到焦糖甜香的餘味時，已經被苦味苦了心，也許那是A唯一懂的愛人的方式，常常叫人感到很心酸，正如侯麥鏡頭下描寫的愛情，總是叫人很惆悵。

明明都是成人了的我們，一碰在一起，就瞬間成了五歲的孩子，你打我，我打你，打鬧中，愛情就逃了。

7 你的溫柔，我總是看不見。

二○一二年三月中，曼谷，Wine Republic。

命運這個東西很奇怪，我們一群人明明都不是曼谷人，我們卻不約而同地在曼谷這個城市相會了。

「愛瑪！」我尋著聲音回頭找，是R，是好久不見了的R喊了我。

「咦？你也在城裡？真巧！」我難掩興奮地說，我幾年前剛剛來到曼谷出差時，就認識了R，又或者可以說是我先認識R當時的台灣男友，才認識了R，有一些人，氣質溫文儒雅，心地純淨無瑕，妳一看到他，就會喜歡他，我很幸運地認識了其中一個，R。

「剛好從艾琳那裡聽說妳要來城裡，於是忙完手邊的事就直接過來了，自從艾琳四個多月前來曼谷的香格里拉飯店駐唱後，我們就不時在這裡聚會。」R一邊整理他的包包，將手機放在桌上，一邊說道。R是我認識的人裡面，最不像生意人的生意人，或許他刻意不讓我看見他精明的那一面。R身高約莫一百七十五公分，一張斯文秀氣的臉，穿著總是體面有品味，身上無時無刻飄著淡淡的古龍水香。簡單形容的話，R說話的樣子與外表的氣質讓人覺得他是穿越了時空，從古代來的飽讀詩書的少爺。

「你的Emerald還好嗎？」我望著R問。R今天穿著白底紫色細格子紋的襯衫加上深藍色的牛仔褲。

Emerald是R前不久剛剛養的綠色小鸚鵡，有一次R出差的時候，忘了關好籠子的門，當R回來時，發現Emerald不見了，很是焦急自責，他不斷地尋找，不斷地呼喚，沒想到，Emerald竟然回應了R的呼喚，於是，奇蹟般地回到R的身邊，有了美滿的大結局。

當R跟我說起這件事的時候，我很慚愧地想，聽他說故事說到一半時，我已經失去了faith。我不相信Emerald會回來，我放棄了相信的奇蹟，後來R傳給我Emerald歷險歸來後不斷地親吻他下巴的照片給我，我忍不住紅了眼眶。

原來，愛，是會彼此感應的。兩個相愛的人，不管離得多遠，都能感應得到對方的尋找，那是一種心靈的呼喚。

我跟R肩並著肩坐著一起陷入回憶裡，說起了「失而復得」的珍貴。

近十點，剛剛幫朋友客串拍MV的艾琳來了，兩個跟我工作上有點接觸的模特兒朋友也來了，然後，與我分手後變成朋友的A也來了。A體格高大壯碩，一看就是踢足球長大的陽光健兒。笑起來臉上沒有半點陰霾心思，讓人忍不住想親近。不過，他說話一向直來直往，尖利地讓人無法招架。今天A穿著白底鑲藍白格子紋的襯衫，襯衫的一角很別緻地滾上幾條紅色細紋。我總是認為，一個人的穿著最能顯現一個人的性格，這個理論用在A的身上最為貼切。A的衣服看起來很普通，但是你再仔細一看，就會發現暗藏一些玄機。A讓人很難捉摸，他是一個熱帶雨林般的男人，很豐盛，很熱情，很神祕，也很陰晴不定，跟在這樣的男人身邊，妳要很柔軟，很有韌性，很細心。

我大方地在A旁邊坐下，但是A很不給面子地讓艾琳移過來坐在我身邊，於是變成我跟我那一男一女的情侶模特兒前輩坐在一起，男前輩總是看A很不順眼，大概是因為大家都知道他前任女友現在正在追求A的關係，現場氣氛有些尷尬。

「愛瑪，去換衣服！」男前輩以命令的口吻跟我說。

我在曼谷有兼職當模特兒，有時候會臨時接一些現場秀的表演。今天晚上，我跟我的前輩們就是一起去參加一場小型的VIP珠寶秀表演。

「喔！好，我這就去。」我這人就是這樣，如果有人用這種口氣對我說話，我就會不自覺地像聽話的機器人一樣行動。

「他叫妳去，妳就去嗎？這麼聽話?!」A剛坐定，男前輩就直接叫我離開，A

頓時寫了一臉的不開心。

「呃，還有一個小時的時間，我可以等等再換嗎？」因為工作上需要男前輩的幫忙配合，現在真的不是招惹麻煩的時候，我急著想息事寧人，於是站起身後又趕緊坐下。

「我叫妳去妳就去，哪時學會找這麼多藉口！」男前輩擺明了要跟A槓上了，這兩個都不肯認輸的男人一槓起來，倒楣的偏偏是我，我只好又像屁股著火般彈跳了起來。

正要經過A身邊的時候，A的怒氣爆發，他用很標準的國語說：「他叫妳去換衣服，妳就去換，那我叫妳脫，妳就脫嗎？」我不明白，這個在孤兒院拍照時，溫柔善良，陽光熱情的人，怎麼在我面前就總是滿是陰霾，刮颱風，下大雨，還不時來個打雷閃電?!

「A !!」我大喊，狠狠地打了A的右臂一下，那樣用力，用力到作用力一反彈到我的右手掌上，疼地我都迸出了眼淚。

當我火速地換好衣服回到位置上時，桌上多了兩瓶蘇格蘭single malt whisky。

「咦，這誰的？」我問了悶坐在我右前方的艾琳，艾琳指了指她身邊的A，說：「他的，他帶來的。」

「A，我可以喝嗎？」我打哈哈問A。

「不可以。」A嚴肅回答。

「不可以嗎？一點點都不可以嗎？」我不死心又問，試圖撒嬌。

「不可以。」A說，語氣裡含著無法商量的堅定（其實A沒有說出口的是：妳以為我會讓酒量不佳的妳喝whisky然後讓妳跟妳那討厭的男前輩離開嗎？不是還有工作還沒完成嗎？到底懂不懂照顧自己啊?!妳這個無藥可救的笨蛋！這是後來我才知道的A嚴肅之下的心情內幕。）。

「什麼嘛，明明知道我喜歡whisky，帶來了，放著，大家都在喝，就是不給我喝！」我低下頭直嘟囔，先是不給面子地不肯坐我旁邊，然後青木瓜沙拉不分我吃，現在又是whisky不給我喝，整個比對待陌生人還過分。

更晚一些的時候A的另一個朋友來了，加上R跟艾琳剛好四個，於是變成了一個小圈圈自顧自地玩起poker。

這個夜晚結束的時候，不必問也知道，A一定贏的。牌技好，運氣也好，A打poker從來就是贏，不輸的。

約莫半小後，我們三個因為工作的關係要先離開了，艾琳這時站起身來圓場說：「先暫停一下，在愛瑪他們離開前，我來唱首歌吧！」

艾琳優雅走上台，唱歌時的艾琳跟平時完全不一樣，她充滿力量的歌聲好美，一個聲音裡滿滿是對於愛情相信依戀的女人，她天使般的聲音，柔軟了一晚的緊張。

我望向了A，A也正好望向了我，好不容易戰火就要熄滅。

「愛瑪來跟我拍個照吧！」男前輩這時突然向我走來，將手機面對著我和他，準備自拍。

我站在他的身邊，露出了不知道是不是職業的微笑，然後一瞬間，他親吻了我的右臉頰。

這是個卑鄙的吻，這個吻擺明是要給A看的，不是給我的，前輩想用這個吻來氣A。

當我回過神來時，A已經離席走了，這個人常常給我的，都是一連串像鞭炮般的怒氣，或是卯起來不跟妳說話。

明明是個心地很好、個性很體貼的人，可是，妳越靠近他越感受不到他的溫柔。

在他的眼裡，我應該很完美，也許因為這樣，現實中的我，總是怎麼做，怎麼錯。

我們是一對離得越遙遠，越能相戀的戀人，命中注定，我們只有分手後，才能真正懂得相愛。

也許真正相愛的是，我筆下的文字，和他鏡頭下的畫面，片面與片面的相知相惜，那也是一種愛，只是這種愛，只活在有著照片有著文字的童話故事裡，沒有一點點生活感，走不出故事的小小框框。

R悄悄地走到我身邊，他什麼話都沒有說，卻勝過千言萬語。

「他就是這樣的人，一直都是。」艾琳一副早就見慣了的樣子說。

有一種人是，當妳成為他的戀人時，妳就失去他了，就像一種化學變化，愛情會讓他原本討人喜歡、可愛、迷人、柔軟的個性，瞬間變成一顆泰國特產的金枕頭榴槤，硬硬的，一身尖刺，脾氣臭的嚇人，總把人燻跑了。

「妳總是活在自己的世界裡！」我突然想起有一次A正色地望進我的眼睛裡說，口氣裡有著落寞。這場愛情裡他是感到委屈的吧！我總是將心扉緊緊關上，不自覺地保持著距離，跟我戀愛的感覺，大概有著人鬼戀般的無奈吧！

8 雨停的時候，彩虹也許就來了。

我來回在有著漂亮行道樹的人行道，
一邊走著，
一邊輕輕哼著蕭邦，
等著我九點鐘的塔羅之約，
和我那總是不需約定，
有時出現，有時不出現的十二點鐘之約。

8 雨停的時候，彩虹也許就來了。

二〇一二，台北，十一月中。

下午六點五十九分，Zabu Cafe，某一個星期三。

剛好送完今天的最後一杯咖啡，還有一分鐘，我站在吧台前等待，然後，我看見D匆匆推門進來，原來，他就是我今天的七點鐘，我的一號客人。

「喝點什麼嗎？」我看著這個比我姪子還小的男孩（我表哥的兒子二十五歲，我已經是很資深的姑姑了）。D一如往常，身上總是有很多配飾，很多色彩，很張揚的青春，一個不知道什麼叫低調的人，有一張老是笑著讓妳無法狠起心來討厭的臉。我突然有點了解母性氾濫到不行，愛起人來溫柔到不行的艾琳為什麼不顧一切地愛上他，這個D也許是艾琳一股子熱的愛唯一的出口，比起被愛，艾琳寧可去愛，她總追尋著這種帶著宿命的苦痛與矛盾的愛。不知道是她總是淒美的歌聲引導了她的愛情，還是她淒美的愛情引導了她的歌聲。於是，艾琳就成了一個無法談一個既順利又甜蜜、毫無波折戀愛的人了。

「跟艾琳一樣。」當我還在發楞時，D這樣對我說了，笑著露出了整排潔白的牙齒，看不到任何隱藏的心機。

「嗯？妳知道艾琳喝什麼嗎？」我好奇地問，我有些偏見地認為這個D應該喝個什麼巧克力星冰樂之類的東西。

「Yeah! Come on...I know! It's Americano triple shoot...stop teasing me, Emma!」D突然換說起英文來，帶著雪梨腔的英文突然多了一股成熟與自信，掃去了他說國語時的稚氣。

我有些尷尬地轉身去跟老闆點咖啡，在吧台等待咖啡煮好的時候，我涼了涼臉上的熱，順了順氣，心想著，「這樣可不行，我差點變成一隻噴著叫『偏見』火焰的大恐龍了。」

「來了，你的美國佬。等你喝完，我就幫你算塔羅，這杯咖啡的時間，你就沉澱一下心情專注在你想問的問題上，我會客觀地回答你的問題，不會開你玩笑，不過我要跟你酌收一百零壹塊，先給我錢。」我一口氣說完，伸出了掌心向上的右手，我很喜歡收錢的這一刻，雖然只有一百塊，我卻十分開心，算塔羅收來的錢，我是不花的，一直一直存起來，一張張新新舊舊的紅色百圓鈔，收納了多少人的心事，那是一張張關於人生的故事，只有我自己知道，我是依著算塔羅來療癒心中的傷痕，神奇地是，我總在解開一張牌時，療癒了1%，我數著數著，心想等到我數到第九十九張百圓鈔時，我就要將那第一百個號碼留下來，自己來當那第一百個客人，幫自己解一個愛情的答。

「嗯！我準備好了，一百零壹塊給妳。對了，別人都是一百塊，為什麼妳多收我一塊？」D一邊將錢遞給我，一邊問道。

那是一張偏舊了的百圓鈔，紙張看起來都有些毛毛的了。

「抽你的愛情稅！莫名就是想捉弄你一番。」我想起艾琳疲憊傷心的泡泡眼，心想這一塊錢是便宜你了。

「專心默想你的問題，然後憑直覺抽出一張牌。」我指著黑色絨布上洗好了的塔羅牌示意D抽一張。

「喔！好。」D回答，像個聽話的小孩。

「這張。」D抽好後，將牌向我推過來。

我將牌翻了過來：死亡的逆位。

畫面上是手持長鐮刀穿著長斗篷的死神。

「又來了！負負得正，是吧？」我心中暗自嘀咕。

「怎麼樣？怎麼樣？」D連忙問。

「你還沒告訴我你問的問題耶，我是塔羅師並不通靈喔！你默想的問題要告訴我，我才能解答。」我忍不住笑了出來。

「還會是什麼，當然是問我跟艾琳的感情啊！」D不耐煩起來，有些孩子氣的煩躁。

「死亡，就是一段感情的轉換、結束。但是因為是逆位，說明了，如果有心的話，就會走過感情低潮的冬眠，在春天的時候結束『假死』復活。」我簡單下個標題，讓等不及了的D先消化一下，然後自己在腦海中抓取思緒，這次有些棘手了，男女主角我都認識，如何柔和運轉，讓兩人都不受傷有些難度。

「可以說得更白話一點嗎？」D越來越不耐煩了。

「你不是要回雪梨了嗎？你也沒有邀請艾琳一起去，某方面你離開台北的那一刻，就是戀情的結束，不是嗎？」我說，一點也不想費心繞圈子了。

「她要來，當然也是可以。可是，我沒有辦法給她任何保證，我沒有自信給她幸福。跟妳說明很容易，但是一看到艾琳的臉，我就突然什麼話都說不出口了，感覺一說出來，就很不man，在艾琳面前我常常都覺得很不man。這十幾年的距離與鴻溝，我再怎麼努力跳，也常有跳不過去、無力的感覺。那一天，她跟樂團成員在聊天，我幫她送咖啡過去，結果他們在聊『秋瑾』，我就問誰是『秋瑾』？他們就笑成一團，後來他們又提到『陸小曼』，我又問誰是『陸小曼』？他們又笑成一團，看他們笑得那麼開心，我也覺得好玩無所謂。只是，有時候這種事一多也是有點煩的啊！」D一股腦地將話丟給了我。

「拿我來說吧，我跟艾琳年紀相仿，也一同走過十五年的歲月，但我們彼此也是有很多不了解，不明白的地方啊！可是，這不就是跟人交往好玩的地方嗎？就像去一個地方旅行，不斷發現跟熟悉的家鄉不一樣的風情與景色，這樣才能豐富自己的眼界和心靈呀！」我說完，站起來去跟老闆點一杯熱拿鐵。

「話說回來，說到幸福這件事，你也太自以為是了吧！就算艾琳真的要去雪梨，她也會自己找好工作管好生活，畢竟她在那裡也生活了三四年，她也從來沒有說要你跟她結婚什麼的呀！」我走回來坐下，接著剛剛的話題。

「沒有嗎？她從來沒有說要跟我結婚嗎？」D說著，臉上不知為什麼流露出有些失望的神情。

「呃，她是沒有說過，不過不表示她有一天不會有那樣的想法。話說回來，你們現在的問題根本不在那裡吧！問題是你要回雪梨了，如果你沒有邀請她過去，就不會再有見面的一天了！別人的話就算了，但是你們兩個是不膩在一起就無法呼吸那型的情侶，一旦分別就等於宣告了愛情的死亡喔。」我越說越激動，卯起來真想再跟他多收個一百塊。

「我當然希望她能一起去，可是我還沒有準備好放棄我的自由，這個世界對我來說是全然嶄新的啊！有時候，我也想跟自己的朋友出去玩，可是我一想到她寂寞的臉，就突然放不下心，這種不放心，一旦累積多了，就會整個很受不了。我也常常被朋友嘲笑，他們都說我不是『妻管嚴』，根本就是『媽管嚴』!!」D整個豁出去似地，跟我掏心掏肺起來。

「熱戀期嘛，這些能量總要消耗掉的！如果不是艾琳，也會有另一個人這樣讓你暈頭轉向，我們也許都要這樣當一次浴火的鳳凰，才能從燃燒的灰燼中得到愛情的真義。愛情是不必講道理的，感情才需要講道理跟距離吧！總而言之，你如果想跟艾琳在一起就跟她在一起，不想再見到她的話就不要再見到她了！你的愛情你可以自私些，什麼同情啦、負責任啦、自信啦、鴻溝啦等等，都是蛋糕上的裝飾品而已，甜膩、好看，但是一點都不實用。」我不知不覺又開始瞎扯了，看來我該閉嘴了。

「所以說，愛或不愛才是重點嗎？」D若有所思地問。

「嗯！終於說出一句像樣的話來了。」我點頭微笑說道，然後站起來，跟窗外的一個女孩招手，身穿彩虹色彩的露腰短T-shirt、亮白色小短褲、搭配白色經典Converse厚底帆布鞋。

是艾琳，今晚八點鐘的二號客人，我剛剛取消了她的預約，但是依舊要她來這裡與我會合。

「他來問了關於你們的事，他還不知道他的心已經是妳的了，來將他帶走吧！他已經回答了他自己的問題。」我之前去跟老闆點自己的熱拿鐵時，悄悄地給艾琳傳了這樣一個what's app。

「快去將你的美國佬咖啡的錢去櫃台結一結賬吧！有人要來將你外帶了，你是一杯她想要的美國佬咖啡。」我戲謔地對這個越看越順眼的男孩說，順便提醒他，我只端咖啡，不收咖啡錢的。

「喔喔！我這就去。」D匆匆忙忙掏出一個舊舊的都毛了邊的黑色短夾，跑去櫃台結帳。

夜色裡，朦朧的路燈下，這對看起來十分登對的情侶各自浮現的笑意，如此多彩、繽紛、甜蜜，正如，雨後天際劃出的那一道彩虹。

總要先來場雨的吧！在彩虹出現以前。

我掏出了D今晚交給我的那張紅色百圓鈔，這是我的第七十九張塔羅百圓鈔。

「再二十張。」我走出店門口望著月色，低聲地對自己說。

我來回在有著漂亮行道樹的人行道，一邊走著，一邊輕輕哼著蕭邦，等著我九點鐘的塔羅之約，和我那總是不需約定，有時出現，有時不出現的十二點鐘之約。

9 天黑的時候，星星就亮了。

十二月初的某一個不是星期三的晚上，台北小自由酒館。

有時候，我會跟蕾西約在這個充滿英國風、老老舊舊、黑黑暗暗、有些擁擠的小酒館，只因為懷念的英國風味。

蕾西喝著奇怪風味的比利時進口啤酒，我喝著特別適合冬天喝的熱巧克力。說來奇怪，明明是一家酒館，賣的巧克力卻是令人驚艷的香濃好喝，是我記憶中愛情該有的味道。

我們兩個有一搭沒一搭地聊著，兩個人心情都有些沉重，因為再過一會兒，剛剛在電話中哭著問我們人在哪裡的艾琳就要到了，她正從機場的路上回來，剛剛送走了D。想也知道，她一定會一路從機場哭到這裡來，一秒也沒閒下的哭著。

「突然好想說說處女座男生的壞話。」蕾西突然打破短暫的沉默冒出這樣沒頭沒腦的話。

「還沒結束嗎？妳那個處女座前任兼前前任，兼不知道前第幾任的男友？」我看著穿著B買給她的合身美國國旗風格純棉小洋裝的蕾西。

「B看見他在我該死的instagram上的照片按了讚，氣得好幾天不跟我說話，記得嗎？就是我在W Hotel, Hong Kong穿著比基尼的那張啊！」蕾西有些氣急地說。

「喔！那張！我記得喔！很有妳蕾式風格的辣！這樣說起來，B生氣好像挺有道理的。」我想起來B是金牛座的，以星座來分析的話，一般人看起來其實不大不小的事，在他的眼裡卻是該殺的不潔淨，B是頭佔有欲強到不行的金牛，蕾西又是個喜歡眾人目光、一轉身就灑落一屋子熱辣的女生，這一對情人都很迷人、受歡迎，也因此，一段感情路常常走著走著就變成了一場角力。

「我真的是被這個處女座男整慘了，跟他在一起的時候，我們明明擁有百分之八十的happiness。可是他就是硬要用放大鏡死盯著那百分之二十的不完美，我一直努力，一直追，永遠追不到，後來，他好累，我也好累，於是只能分手，分手了又都很痛苦，只好復合，然後再來一回合。」蕾西眼神陷在回憶裡，臉上寫著苦惱。

「所以說，彼此越相愛就越痛苦是嗎？真正美好的是相戀的瞬間？」我一邊舔著杯緣的巧克力漬一邊說。

「對對對，就是這樣！跟他糾纏這些時日下來，我都變得有些恐慌了，總覺得幸福是留不住的，越幸福越恐慌。我們家的B都說我有病，一種害怕幸福的病，妳知道嗎？我其實不相信幸福是可以永恆的，我將自己的心情老老實實跟B說了，B

卻說我病得不輕，不過他也說了要陪我好好一起走過，將我的心醫治好，當他這樣說的時候，我真覺得自己是重病患者！」蕾西一口氣說完，大口地喝下她的冰啤酒。

「至少是感到幸福才會恐慌的，說到底妳是很幸運的。常常感到恐慌，所以表示妳現在跟B很幸福啊！說著說著，怎麼覺得妳現在是在炫耀，不是在抱怨呀！」我拍了拍蕾西露出漂亮肌肉的大腿，哈哈地笑著說。

「咦?!這我倒沒想過耶！原來我這是值得慶幸的恐慌啊！」蕾西嘆出了一大口氣，露出有時候放鬆時會不經意流露出的傻大姐表情，我很喜歡她這個表情，很單純可愛，讓人很想捏一把她的臉。

「所以和好了？妳跟B？」我問。

「和好了！我硬是逼自己滴了一滴傷心的眼淚，他就瞬間軟化了嘛。那顆眼淚是救命的眼淚，當下是一定要硬給它擠出來的，呼！好險！」明明是個在愛情裡有些小心機小技巧的女生，可是你還是會喜歡她，因為她一點都不壞，只是懂得何時該示弱當女人，很自然地一進一退，是個會令人想念和喜歡的女人。

「我想，妳要搬家了吧？」我突然冒出來一句，我們三個都是追著愛去逐巢的女人，從愛丁堡一別後，愛情就成了我們下一站的目的地，這一次我們在台北的重聚，感覺好像是偷來的時間，在我們三個愛情恰巧的空檔時。

「應該要的吧！正在安排手邊的事，有人都說了要陪妳一路走下去，一起療傷了，哪有不去的道理？」蕾西一臉的燦爛。

「舊金山很美的，一個適合不老愛情的城市。」我替蕾西開心，沒有一點點捨不得，這些歲月下來，四處搬來搬去，道別來道別去，已經懂得珍惜當下的心情，然後在該分別的時候準備好祝福。

「……那艾琳她呢？」蕾西有點擔心地問。

「那個傢伙，想必偷偷買好機票了吧！根本不必替她擔心。這樣一個總是勇敢追愛的人，我們擔心她是一種浪費吧！」我毫不煩惱地說。

「不應該在別人背後說人是非吧！總有一天會被抓包的。」艾琳不知道何時冒了出來，很奇怪的是她並沒有在哭，反而一臉笑意。

「妳還好吧？」蕾西急忙問，大概是害怕艾琳傷心過頭，腦筋整個走火。

「從來沒有這麼好過！所謂走在雲端大概就是這種感覺吧？」艾琳眼神發亮地說。

「再賣關子，我們要走人了喔，這個沒良心的，打個哭得稀哩嘩啦的電話來亂人情緒，然後自己再喜孜孜地過來。」我突然有點鬧脾氣，說著在艾琳的手臂上打了一下，不小力的。

「他登機前，給我傳了what's app來，說：『無法想像沒有妳的台北，無法想像沒有妳的雪梨』。」艾琳陶醉地說著。

「嗚哇！好想吐喔！肉麻死了啦！」我故作嘔吐狀取笑艾琳。

「對呀，對呀！好想吐喔！今晚吃的fish and chips都要吐出來了啦！」蕾西說完，跟我笑鬧成一團。

「隨便妳們笑，盡管笑吧！」艾琳本來想憋住笑，後來也跟我們一起滾在暗紅色的老沙發上。

「說真的，妳們都給我空出五天時間，我想去旅行，跟妳們兩個去！」艾琳突然坐起身正色地說。

「也就是說，還是老樣子，臨時買機票，三個人同睡一張床，睡到自然醒，喝到不知道自己的名字，老實說遊戲玩到不好意思說，衣服交換穿，洗澡一起洗嗎？」我說著說著，突然感到很有興致。

「是要道別我們永遠不想放棄的青春嗎？感覺好像電視影集《Friends》的結局，不知怎麼地，既開心又感傷。」就要移居到舊金山的蕾西難得感性了起來。

「我我我，我去！」我舉了雙手報名，以一種打死我都要去的姿態。

「我也一定去的啊！對妳們來說，我總是好約的吧！最重色輕友的人都開口約了，哪有不去的道理。」蕾西說，一副理所當然一定要去的神態。

是不是，青春一去就不復返，所以珍貴令人懷念？

是不是，我們三個知道，這偷來的時間就要用罄，所以各自尋覓到幸福的方向的我們都開始感傷？

今晚，我們三個以一種失戀了就要分手了的心情，飛快地計劃了三個人去曼谷的旅行，艾琳說她要去四面佛還願，蕾西說她也要去還願，原來，今年初我們三個在曼谷四面佛許願的時候，她們兩個都許了找到真愛的願望。

那麼，也跟著回去曼谷還願的我，許的是什麼願望？

C'est un secret.（法文：這是一個祕密。）

10 捨．不．得。

十二月初，曼谷

一下飛機我們三個就包車直奔春武里，我們整夜不睡熬著等著見白龍王。我們到達時已經是清晨一點鐘，領到的號碼牌是二十八號。白龍王廟就位在一個尋常的鄉間，明明是清晨時分，廟外面卻熱鬧非常，來自世界各國的華僑都聚集在此，就只為排隊領到那每日限定一百號的號碼牌，所謂限定這種東西真有一種神奇的魔力。

因為是限定，就更想得到、搶到。

我們三個一邊跟蚊子搏鬥，一邊閒聊，正當我們三個的黑眼圈都紛紛浮現的時候，天破曉了，廟門開了。白龍王的弟子們親切地招呼我們洗手準備吃招待的簡單早餐。早餐剛用畢，白龍王就出來了，他坐上自己的位子，一個號碼一個號碼地叫著，向著信徒指點迷津。

他是個看起來親切平凡的老人家，說著有點腔調的國語。等待的過程中，我們三個還看見幾個台灣來的小模與小明星。

終於，輪到我們三個的時候，白龍王神奇地對我們說了完全不同的話語和叮嚀。在他口中我的脾氣很拗，所以他多用樹枝打了我的頭幾下，那是一個很不一樣的經驗。

就像一個深知妳過去的慈祥老人家，言簡意賅地給了妳幾句金玉良言。爾後，我們三個說起來這件事時，還是感到萬分奇妙。

離開白龍王廟後，我們直接到四面佛還願，還願的方法很簡單，就是買花、供品（如木雕大象之類）或花錢請舞者獻舞給喜歡看人跳舞的四面佛看。我們到達的時候，已經是正午了，一波波的熱浪襲來，真的有讓人如置身撒哈拉沙漠的錯覺。約莫花了半小時的時間，我們三個人都依各自的方法還好願之後，便相偕來到了我很喜歡的Nara泰式料理餐廳吃飯。

Nara就位在四面佛隔壁的Erawan Hotel裡，每次來拜四面佛，我們總會來這裡吃飯。

下午一點十五分，在Nara。

「正事辦完了，可以開始荒唐了吧？」蕾西累攤了似地問。

「我們三個在一起的時候，通常都是荒唐的吧？」我說，一邊掏出小化妝鏡補妝。

「來曼谷，就是要喝椰子汁！」艾琳一邊說，一邊跟服務生點了三杯南洋風味椰子汁。

「話說回來，愛瑪，妳在曼谷不是被謠傳死了嗎？妳還敢回來?!」蕾西突然想到什麼似的。

蕾西提起的這一段往事其實是我心裡的一個疙瘩。我曾跟在曼谷相戀的某一任戀人分手鬧得很不愉快，當時在曼谷珠寶圈子因為身兼模特兒和設計師有些小名氣的我憤然離開在曼谷辛苦經營的一切，結束了跟他合開的珠寶公司。愛得深恨得也深的他，在多次挽回未果之後，於是告訴跟我們有往來的所有客戶以及他的友人，說我返回台灣動腦部手術不治身亡，後來他更嚴正發信並電話留言告訴我這個消息，不許我今生再踏進曼谷和他的家鄉加州一步，這是一個命令，其實也算一個請求。在他的心中、在他的世界裡，他徹底地營造了這樣的「現實」，讓自己不得不放手，讓朋友客戶不再追問。當年我們相戀地如此轟轟烈烈，慘淡的結束就變得很不容易。後來，聽R說他消沉了一段時日，日日夜夜酗酒，直到一個溫柔女生的出現，他才重新振作起來，結束了曼谷的事業，回到加州，那之後關於他的消息就沒有人知道了。我腦海裡霎時浮現出當時的種種。

「答應人或神的事，總不能言而無信吧？更何況這是我們青春的追悼之旅，這種險是值得冒的。」我絲毫不放在心上地說。曾經很困擾我的事，時日一過，已經擾亂不了我的心。

「人家都說這個世界上一定有一個跟你長得很像的雙胞胎，不是嗎？真的被人認出，我就說日語假裝日本人給蒙混過去，雖然妳們都說我是個蹩腳的演員，但是這點演技，我還是有的。」我接著又補了幾句，然後，就像是要說服自己似的，用力點了點頭。

「這裡離新加坡很近喔！乾脆妳跟我回新加坡好了。」艾琳眼睛一亮，突然這樣跟我提議。

「我們要去吃黑胡椒蟹嗎？」我睜大眼睛問。

「妳要吃鯊魚，我都去捕給妳吃！」艾琳說完，打了我的頭一下，「呆子。」

「我要吃青木瓜沙拉，很辣的，雙份。」蕾西開始向服務生點起菜來，這個身材曼妙的女人總是很會吃。

她低聲嘀咕。

「泰國的『辣』是真的很辣，辣的令人頭皮發麻，身子發汗，讓妳眼淚鼻涕一直流。」我好心提醒蕾西。第一次來到曼谷吃道地的青木瓜沙拉時，我整個被辣意突襲，腦袋直接當機。

「我要吃烤雞、糯米飯、牛肉沙拉、月亮蝦餅、清蒸檸檬魚、泰式酸辣湯、泰式奶茶、咖哩蟹、蒜炒含羞草……」艾琳果然是曼谷常客，一口氣點了多道「曼谷必點」菜色。

「那我要點泰式生蝦。」我點了一道很詭異的菜。還好，我們三個都喜歡這道新鮮生蝦沾魚露辣椒蒜頭、搭配薄荷葉的料理。這就是所謂的好朋友，我們三個連吃東西的品味都接近得不得了，莫非這就是所謂的「臭味相投」？

「所以，吃完飯後，按摩、回飯店、泡澡、喝紅酒、玩轉酒瓶老實說遊戲、bikini party，和卡拉ＯＫ如何？」蕾西一邊吃明明辣得要死，可是她死不承認的青木瓜沙拉，一邊哈氣擦汗說。

「我們的旅程好像一直以來就是這樣的嘛。都記不得我們這樣的旅程有過幾次了！」艾琳一邊喝有著詭異鮮橘色的泰式奶茶一邊說道。

這種奶茶喝完，舌頭都會整個變成橘色的，即所謂「美味的代價」。

「聽起來，怎麼有些莫名的感傷啊！感覺好像一對走過美好歲月的夫妻，就要離婚各分東西了……」我一邊用手指捏起我喜歡的生蝦一邊說。感傷真的不是很好的佐料。

「我們三個一起走過的歲月，大概比很多夫妻還深刻吧！」艾琳瞇了瞇眼睛說。

「看過彼此太多丟臉的、說不出來的傷心事啦！」蕾西還是不死心挑戰她辣得要命的青木瓜沙拉，一邊哇哇叫一邊說。

「我們大概是彼此的青春留聲機吧！好了，夠了！再說下去胃都痛了！」我說完，擺擺手，有一種想把離愁全部揮走的心情。

「這次一定要去坐一趟昭披耶河的遊船！去逛逛新開的河邊夜市！愛瑪，妳不是最喜歡一個城市的河的嗎？對了，妳不是有跟蕾西說，妳去巴黎遇到一個人，對方說要把妳帶回家藏起來的那次豔遇嗎？嘿嘿，我當時聽了都快笑死了啦！」艾琳又忍不住開始捉弄我了，我有時候真懷疑，她喜歡我是因為捉弄我很好玩，是嗎？

「什麼？什麼？愛瑪沒有跟我說過耶！什麼時候的事？妳們兩個什麼時候偷偷要好上了，說的祕密都沒有跟我說，是要排擠我嗎？」蕾西邊說邊嘟嘴，一副賭氣樣。

「好啦，別生氣嘛！就是有一次我不是去了巴黎，搞孤僻說要埋葬愛情嗎？那時是去年冬天我最傷心的時候。外面天寒地凍，一連下了好幾天的大雪，我趁著零下的低溫，飄著大雪時去塞納河看河景。結果正在發呆的時候，一個紐西蘭來的人走了過來，坐在我旁邊，很帥氣地點了一杯熱拿鐵給我喝。他一直跟我說話，我都沒有回應，他還不死心，繼續對我說，如果他是我的情人，他就會把我帶回家藏起來。我聽了就忍不住回答說：『我不相信ownership。』簡單地說就是這樣！」我說著說著不知道為什麼有點不好意思了起來。

「好浪漫喔！好像杜德偉的一首歌喔！很老的一首，就是那個歌詞裡有什麼『我想把妳放在胸前的口袋』的那首。突然想不起歌名。」蕾西說完便喝了一口椰子汁，試著沖淡嘴中的辣度。

「我們好老派喔！還杜德偉哩！我知道那首歌，歌詞是很浪漫，但是現實生活不會常常這樣子的啦！」我臉紅紅地說。

「我也知道那首歌喔，超浪漫的！」艾琳也同聲附和，沒想到新加坡人的她也知道這首歌。

「總而言之，我喜歡一座城市的河，是因為它是城市裡最為柔軟的風景。歲月悠悠，總是包容。」我又開始瞎掰，試著轉移話題，我喜歡討論別人的愛情和浪漫，卻不喜歡別人一同討論我的，會有一種莫名的彆扭。

一個半小時後，原本滿滿一桌子的菜被我們一掃而空。

「喝咖啡嗎？」艾琳一邊打嗝一邊說。

「不要！泰式咖啡濃的要死，像餘味很差的愛情。」我想起上次喝的經驗仍心有餘悸。

「星巴克！星巴克！我要喝豆漿拿鐵！」蕾西吃飽飽，肚子都鼓起來了說。

「樓上就有一間，感覺很像在巴黎的星巴克，裡面都是外國人，還有露天座椅呢！」明明熱得要死卻還是有一群金髮碧眼的客人坐在露天陽台，我指了指左上方的方向。

於是我們走了約莫兩百步的距離，來到這間巴黎風情的星巴克。

蕾西點了熱豆漿拿鐵，我點了熱拿鐵，艾琳點了Americano triple shoot，像是下定決心要霍出去了似的，我們都點了vente（超大杯）。

我們肩並著肩靠在一起坐著，逆著光的身影映在光滑的大片落地玻璃上。

艾琳還是坐在左邊，我坐中間，蕾西一貫坐在右邊。

艾琳穿著hot pink mini-dress的背上寫著「捨」，我穿著亮白色平口小洋裝的背上寫著「不」，蕾西穿著鮮黃色小可愛的背上寫了「得」。

捨不得，我們捨不得告別我們那段胡鬧瞎搞揮霍的青春。捨不得，我們捨不得總是取笑捉弄對方卻在對方跌倒哭泣、一鼻子鼻涕眼淚時，及時伸出手的彼此。

但是，如果有人可以給對方更多更大的幸福與快樂，我們都說好了，一定要笑著放手。

11 我們是彼此的任意門，沒有去不了的熱海，沒有泡不了的溫泉。

十二月中，台北桃園國際機場，晚上七點五十分。

一拿到行李，艾琳就迫不及待地跑到航廈外抽起煙來了。她是個容易上癮的女人，什麼癮都大，煙癮大，愛情癮大，咖啡癮大，人生活得很精彩，就像韓式石鍋拌飯，什麼都有，什麼都加，熱熱燙燙的，一口下去，全是味道。

「真不想回家！一想到要回到那沒有人等待的公寓，就整個很沒勁。」艾琳一如往常，狠狠地吐著煙說。

「有一年，我們也是這樣的，在熱海的時候。」我瞇起了眼睛，抬頭看著閃著星星的冬季夜空說。

「想都別想喔！我還有貨要出哩！別想綁架我去熱海。」蕾西嚷嚷了起來，臉上露出為難的神色。我跟艾琳是很隨興的人，真的有可能做出馬上搭第一班飛機去日本熱海的瘋狂舉動。一個衝動不顧一切的人，已經很可怕了，如果再夥著另一個身上流著瘋狂血液的人，那後果就不堪設想了。我們三個中，蕾西最理智，什麼癮都最小，她總是醒著，看著我和艾琳醉，常常被我們兩個搞到心臟無力。

「我明天下午有Zabu的班，有咖啡要端。」我開始認真盤算，我也不想回家，總之是一種旅程還不想結束的心情。

「我下午要回公司兩三個小時。」蕾西很正經地說。

「我明天晚上有一場要唱，應該說接下來三天都是這樣。」艾琳也認真看起她的行程表。

「我也是，就只有幾個小時的咖啡班。」我也開始查起我的排班表。

「我只有明天有事，後天，大後天都沒事，B在舊金山。我們用iPhone skype解解相思就好了。」蕾西態度好像有些動搖了。

「來個溫泉馬拉松好了，就像那年的熱海。不過，這次是北投，我們是彼此的任意門，我們的北投就是那年的熱海，所謂心情這種東西，是很奇妙的，只要你擁有泡湯的心情，在哪裡泡都一樣，不出國也沒關係！」我突發奇想說。

「北投是嗎？這樣的話，我們就以飯店為暫時的家，時間到了的時候，我們就各自出發去辦事，忙完了再乖乖回飯店相聚。」蕾西眼睛一亮，很是感興趣。

「耶！馬拉松，我們就住在湯屋裡，一連狠狠泡個三天，果然是愛瑪喜歡做的事，我當然是舉雙手贊成呀！不過，愛瑪，妳到底為什麼那麼喜歡泡澡、泡湯、泡海水啊？」艾琳抽著她不知第幾根煙說。

「上輩子不是烏龜，就是魚吧？反正就是很喜歡，跟妳喜歡D是一樣的喜歡，沒有道理可言，這種事情，一旦說得出理由或道理，頓時就很沒勁了呀。」我說，開始鬼扯起來了。

於是，我們跳上了計程車，直奔北投。途中，蕾西開始連絡飯店，俐落地訂好了房間。

晚上九點，北投，皇家季節溫泉酒店，溫泉湯裡。

三人都飛快地脫光衣服，卸好了妝，沖好了澡，一個接一個像下水餃一樣，跳進了pH值約3～4的溫泉湯裡。

「我二十。」我說。

「我也二十。」蕾西說。

「我喔，大概二十一吧！」艾琳難得有些不好意思。

我跟蕾西其實說的是體脂肪，但是艾琳卻誤以為我們說的是視覺年齡。

「歲月送給我們一點點冰淇淋。」我捏捏自己的肚子，過去有一段時日，我總是為了工作長期處在半飢餓狀態，有一天，我突然發現，我不再稀罕那些所謂的沒有一絲絲贅肉這種東西。我繼續捏著自己的肚子，看著皮膚上浮現一個一個小小的印子，紅紅的，像一個個沾了紅色印泥去蓋下來的指印。

「說起來，我覺得這十五年來，我們其實沒有變化很多耶，除了這些贈送的冰淇淋。」蕾西一邊說，也一邊捏自己的肚子。

「大概是我們常常見面，三個人都愛漂亮，嘴巴也不饒人，不知不覺就發揮了監督彼此容貌、保養的功用了。」艾琳低下頭也拼命地捏起了自己的肚子。

「雖然有了小肚子，但是『滿來』還是要去的，那是一家貍貓為了去吃，硬是化成人形的難忘美味啊！」我又開始瞎扯。

「我要吃，我要吃，滿來溫泉拉麵！」蕾西提到吃的，就很有精神。

「很久沒去了耶，印象中它是很特別的一家拉麵店，位在一個黑黑暗暗的小斜坡上，那裡的拉麵可是能溫暖旅人寒冷飢餓的胃呢。」艾琳汲取溫泉水一邊拍臉一邊說。

「那家拉麵店，就位在那有些黑暗神祕的小斜坡上，不知怎麼地，有些宮崎駿漫畫的氣息。」我回想起多年前我們第一次一起去吃滿來拉麵的夜晚。

「又來了啦！這次還貍貓、宮崎駿哩！」蕾西一邊推著我濕濕滑滑的右手臂，一邊露出受不了的促狹表情說。

「別跟她計較了，她是我們的時光機呢，跟她在一起，總是會回想起很多好像遺忘了，其實都還記得的美好往事呢！這樣老是將跟身邊的人共享的美麗收藏地如此寶貝的人，她的每一段分手應該都很不容易吧！」艾琳若有所思地說，難得不夥著蕾西一起捉弄取笑我。

半夜，我們泡完了溫泉，跑去吃滿來溫泉拉麵，可是我們繞來繞去，始終找不到記憶中那寒冬夜裡冒著白騰騰的煙的儉樸店家。後來，我們問了人，纔知道，原來滿來拉麵搬家了，現在就在新北投捷運站出來路口的左邊。我們沿著指示尋去，映入眼簾的是一家很日式的拉麵店裝潢，但是「太豪華」了。我輕輕嘆了一口氣，低聲感嘆「不宮崎駿了」。貍貓都不想幻化成人形冒險來吃了。

這也許就是人生，不知不覺，生命中出現的、很想珍惜的、不想它改變的什麼，都悄悄地改變了，消失了，搬家了。

帶著有點悵然的心情，我們踏著夜色沉默地爬著冒著溫泉熱氣的斜坡，喘得不得了，累得不得了，熱得不得了，無奈地不得了，經過地熱谷，回到了我們共同的家。

當我關起房門的時候，我很乾脆地將三個人的愁思關在了門外。

「放溫泉水，music on, clothes off, pull the drink and jump!」我說。

這就是所謂的地獄跟天堂的差別吧。

因為人生有許多不如意，所以，我們都需要有一兩個可以這樣將身子和靈魂坦誠相對的好友，一起挨著，等待心情，漲潮。

女孩子，泡溫泉的時候，總是說實話的，因為謊言，也脫光了衣服，正在泡溫泉。

12 妳想要什麼，妳在追尋什麼？

十二月中的某一個不是星期三的晚上，台北美麗餐廳。

艾琳飛回新加坡了，暫時的，一個月後還會回來替蕾西送行。我們不知道她是不是正吃著黑胡椒螃蟹，但是我們可以很確定的是，我跟蕾西與F正要吃沙鍋螃蟹冬粉。

是F選的餐廳，我們三人大半的人生都是遊子，因此都喜歡道地的台灣菜，那是一股難言的鄉愁，B也要過來，大概是因為下著大雨的關係，被堵在路上了。

「蕾西妳曬黑了，真的很佩服妳幾乎每天去大安森林公園跑個十五、二十公里。全新焦糖口味的蕾西。」我一邊吃著餐廳招待的小菜，一邊望著有著小麥肌膚的蕾西說。

「真的耶！有時候我也很佩服我自己，明明就是想偷懶得不得了，但是還是硬逼自己去跑，所謂跑步這件事，也是會上癮的，一種痛苦卻又令人著迷的癮。」蕾西一邊幫我們倒台灣啤酒，一邊說。

「不跑會有罪惡感，我懂得，所以我也跑，但是只跑三公里，嚴格說起來，是快走，不是跑步。」我嘆了一口氣，因為寫作這件事是思緒在腦子裡繞著操場跑步，如果身子不跟著一起跑，大概會失去平衡，陷入瘋狂，就像卡夫卡吧！但是，對我來說，最悲哀的是，莫過於連一本傑作都沒寫出就陷入瘋狂。

「對了，我要吃那個，那個有著捲來捲去神祕大腸的鍋什麼的。」我指著餐廳的菜單照片說，我剛剛Google了一下，知道這是這家店的招牌之一，不知為何我就喜歡吃大腸，以前的某一任戀人總是別過頭不看我吃的，他說他不明白這樣一個打扮漂漂亮亮，秀秀氣氣的女孩子，怎麼老愛吃這種很不搭的東西，我因為想捉弄他，還故意在他面前啃雞爪，結果他又叫又跳又逃，整個很不man。

「這是我熟悉的餐廳，就交給我來點菜吧，這裡有必吃的，和還好不一定要吃的。」F說完便逕自跟他熟識了的老闆娘點了幾道菜。

「那妳知道我們喜歡吃什麼嗎？」我轉頭問F。

「我知道妳喜歡吃什麼。」F很有信心地說著，嘴角帶著一抹微笑。

當芹菜炒豆腐鯊（!!）上桌的時候，B還卡在大雨落著的台北街頭，於是我們三個先吃了起來，口感微辣，很是清爽，滋味繚繞於嘴裡。

這就是吃中式料理的好處，你可以一邊吃一邊等人，一道接一道的料理慢慢吃著，一點也不顯得失禮。

「妳想要什麼？妳在追尋什麼？」F說。F取代了艾琳坐在我的左邊，而蕾西，一如往常，還是坐在我的右邊。

「我只是想要快樂而已。」總是想要說什麼的我，不到五秒就回答了。

「妳想要的東西，感覺很容易，卻是最難得到。」蕾西一邊喝啤酒，一邊來個總是信手捻來的「智慧之語」。

「很難嗎？」我望進蕾西烏溜溜的眼睛後，轉頭問F。

「很難。」F簡單回答，一如往常，簡單，不給半點解釋。F就是這樣的人，只給妳一個方向，解釋妳得自己費心去找。

在滿心期待的沙鍋螃蟹冬粉上桌前，我們都陷入了一陣短暫的沉默。

我們都在思考所謂的「快樂」這件事。

當蕾西正在剝螃蟹腳時，B終於匆匆趕來了，蕾西的臉上，浮起了今天晚上最美最熱的笑。

然後，他們兩個就彷彿成了因為客滿不得不跟我們共桌的陌生人，甜蜜地，妳眼中只有我，我眼中只有妳，吃起了晚餐。

我看看沙鍋裡，還有兩隻蝦子。「你不吃嗎？」我問起F，一頓晚餐吃著吃著剩下我們兩個人。

F看著我什麼也沒說。

我擦擦手，慢慢地剝起蝦子來，一隻剝完又一隻，然後，我將兩隻蝦子都放到F的碗裡，我記得F不是不吃蝦子。

當艾琳在的時候，她總是熟練地將蝦子漂亮剝好，一隻剝好又一隻，在我的碗裡悄悄地堆起一座粉橘色的小小蝦子山。

「那妳自己不吃嗎？」F看著碗裡兩隻被脫得光溜溜的蝦子問。

「現在不。」我搖搖頭回答，滿意地看著F用筷子將兩隻蝦子吃掉，然後我低下頭自己在心裡數著，有幾個人吃過我剝的蝦子。

我這麼做是有些心思的，就想讓F明白我是特意幫他剝的，我想傳達給他我的這份心意。一直以來我都是被寵著的，當我有想要替別人做些什麼的心思時，這個人就是被我放在特別的位置。

「爸爸沒有，哥哥沒有，媽媽沒有，姐姐沒有，然後，一，二……」我心裡默默想著。

「三。」我脫口而出對F說。

F望著我，蕾西望著我，B望著我，我望著自己剛剛剝好蝦子的手呵呵地笑了起來。

「這個愛瑪，不是傻兮兮就是神祕兮兮。」蕾西打了我的右大腿一下笑著說。

「啊！就是這個，我就是想吃這個漂亮地捲成三層，像拿破崙派有著層次的豬大腸。」我指著服務生終於端上來的，我們久候了的我總是記不得叫什麼菜名的料理說。

層層疊疊，捲來捲去，包住著，像女孩不想說的心事。

「我有信心知道所有妳喜歡的、妳愛的，但是我無法知道當妳將眼神放遠時，妳心底在想什麼。」在我身邊一向陽光、自信、幽默、惹人開心的F如此說著，聲音裡透露著落寞。聽著他的口氣，讓我想起對我說「妳總是活在自己的世界裡」的A。

我不禁想問自己：當身邊有著溫度的人包圍著我、望著我時，我到底望著哪裡，而忽略了身邊的情絲線索？

我低頭看著桌上自己剝下的蝦殼，不知為何，突然想起了自己在上本書裡寫到的一句話：「巴哈以一種了解的姿態，輕輕地走到我的旁邊坐了下來」。F了解我，但我是否真的也將他映入眼簾，試圖走進了他的內心？抑或，始終像月亮的我，一直跟總是堅強穩定陪伴著我的F借陽光？這樣的關係，是不是太不公平？

夜漸漸深了，F坦率毫不隱藏地望進我的眼裡，讓我的心頭一震，轉過頭迴避掉了他的眼神。

我想，同樣喜歡巴哈的我與F都各自背負著沉重的回憶，這樣的兩人到底會走向什麼樣的結局？第一任、第二任戀人都吃過我剝過的蝦子，如今一直在我身旁的F今晚成了第三個吃過我剝的蝦子的人，「那麼，我們兩個人，到底算不算一對戀人？」我問自己。

13 Go ask that mango pie。

十二月下旬，Zabu Cafe，下午三點整。

天氣有點陰，看來就要下雨了，我端完了所有等待的咖啡，正在吃店裡剛做好的新鮮芒果派，冰冰的，淡淡的，是一種有點害羞的滋味，像暗戀，總要細心，才能感受到的心意，藏起來的，那捲在裡頭的芒果香氣和濃郁。

然後，我看見艾琳下了計程車，跑了進來，喘著氣，臉上有凝結的汗珠，我憋住氣等她開口。

「大事不妙了，是嗎？」我拉開她對面的椅子，挨著窗邊坐下，店裡沒有其他的客人進來，我急著撲滅艾琳心中燃燒的火。

艾琳剛下飛機，今天才從新加坡回來，臉上沒有一絲快樂，只有未乾的淚漬。

「從昨天下午開始他就失聯了，一直找不到人，今天早上我又打電話過去，是一個女生接的，說他醉倒了，還在睡。」艾琳推開窗，一邊說，一邊將頭伸出去大口大口吐著煙，不知道為什麼今天飄在空氣裡的煙，都有那麼些無奈。

「好像很糟，但也不是最糟。」我一邊站起來去將艾琳一貫喝的Americano

triple shoot端來，順便送上一份芒果派。

「今天沒有布朗尼，試試這個，妳也許不會喜歡，但是『聊勝於無』。」我說。我知道的艾琳，不會喜歡這種「暗戀的滋味」，她喜歡的是風大浪大的戀情。

「喔？妳倒說說為什麼不是最糟？」艾琳一邊很沒勁地用叉子叉起一塊有著新鮮芒果粒的派，一邊說。

「人沒被車子撞，手機沒有被偷，意識雖然不清醒，可是有人陪著他。這倒也不算糟了吧。」我也叉起一塊芒果派，我想分享的，是此刻跟艾琳一起品嚐一樣的味道。

「這個紅粉知己，不知道是不是從昨天下午一直陪，陪到哪裡去了都不知道。」艾琳沒好氣地說著，一邊狠狠吐著煙，像一座正要爆發的活火山。

「妳還記得嗎？我們相識的那一年，妳在酒吧喝多了，坐在地上不肯起來。後來來了一個英國人，他把妳從女廁前面的潮濕地板上帶出來，不嫌髒地扶著妳，我跟蕾西兩個其實也有點醉了，幸好還有些意識，一路跟著妳。結果，妳竟然就突然親吻起妳的英雄，害我跟蕾西兩個人都驚訝到一句話都說不出來。那一年，妳二十歲，那是荒唐的青春，現在，不知道發生什麼事情的D，才二十出頭，他還年輕，荒唐好像也是應該的。」為了將艾琳脫離她的現在，我只好將她帶回過去。

艾琳酒量超好，難得醉，但是醉起來很瘋，我有時懷疑，如果我跟她一起喝醉，可能會去動物園偷企鵝。

「那個時候，可以卯起來一口氣乾掉半瓶伏特加，早上醒來，就會看見一堆人東倒西歪的睡趴在地上。」艾琳眼神飄遠，回想起往事，臉色柔和了很多。

「他才二十二歲，妳不可以殘忍地要求他用燦爛的青春來換一段愛情，更何況，妳也不在身邊。」我接著說，心中有些不明白自己為何老是幫這個其實一開始看他不是很順眼的D說話。

「老實說，我被瘋狂的忌妒追得有點累了。風很大，風箏飛得好高好遠，有時心想乾脆就這樣手一鬆，放手讓他飛走好了。」艾琳繼續一口一口吃著芒果派說。

「知道何時放手，也是一種藝術，將自己從妳跟D的故事中跳脫出來看，就會發現，有時候放手不一定是不美。」我站起來準備去端另一杯咖啡時說。

當我端完咖啡，艾琳已經逕自跑到外面榕樹下的露天座位坐著了，還是抽著煙，一根又一根，我看著她的背影，第一次發現，原來人的背影有著表情，今天她的背影溫柔又哀傷。

我走到她的身邊坐下，有默契地都不說話。

山坡上有兩個身影走下來了，兩隻柴犬，跟兩個男人，我低頭看看時間：下午四點五分。

「喔！今天早了，跟朋友一起。」我低聲說，那兩個男人一個是F，那兩隻柴犬一隻是米洛桑，F穿著美式風格的灰黑色T-shirt、褲腳反折的深藍色jeans與夾腳拖鞋。米洛桑還是一身焦糖色漂亮毛草，一人一犬都帥呆了。F看見了並肩坐著的我和艾琳，笑著伸手揮了揮，便大步大步地跟米洛桑往山腳下走去。

「五點不會出現了，十二點不會出現了，這個星期或這個月都不會出現了。」我抬頭看了看榕樹低聲說。

「妳是他的祕書嗎？怎麼知道他的行程？」艾琳忍不住好奇地問。

「應該有某種理由，才會將一種慣性打亂吧！」我胡亂回答，不知道到底是不是又開始鬼扯。

我語音剛落，艾琳的電話就響了，來電鈴聲是Fun和Pink合唱的《Just give me a reason》，不用問也知道是D。

我識相地站了起來，拍拍屁股，往總是飄著神祕氣息的店裡走去，當我再次回頭的時候，逆光中，我看見艾琳笑開了的臉，就像黑夜裡突然開了一盞燈，亮了。

不久，我的手機也響了，我看了看來電顯示，是A。我思索了十秒鐘，鈴聲響了一聲又一聲，最後，嘆了一口氣地將手機切換成靜音，收進大包包裡。

風不大，風箏飛得還不高不遠，我卻手一鬆，轉身走了。天空，終於下起雨來了，艾琳匆匆從露天座位跑了進來。

「這一趟妳就跟我一起飛回新加坡吧！在我搬去雪梨前，再一次重溫我們曾經有過的青春。哇！真不甘心就這樣變成大人，不再荒唐！」艾琳一邊拍掉身上的雨滴，一邊以興奮的語氣說。

「I can't.」我一邊吃著艾琳吃剩下的芒果派望著窗外，一邊不知道為什麼自己突然轉換成英文說。

「Why? Why? Why?」艾琳對我總是很任性，她追問起來總是很不饒人，她也跟著轉換成English version。

「Go ask that mango pie.」我指了指蛋糕櫃裡的期間限定芒果派很酷地說。不知不覺中，我內心最重要的人已經由A變成了F。曾幾何時，當我哭泣的時候，當我快樂的時候，我第一個想告訴的人是F，不再是A。可是不知道為什麼，我看見F就是一整個彆扭，表達不出內心真正的感受，彷彿回到了幼稚園時代，每天上學時總是打扮漂漂亮亮，噴得香香，故意在喜歡的男同學身邊繞呀繞，等到自己成功引起對方的注意，而對方跑來跟我說話時，可悲的我卻總是垂下頭，一個微笑也給不了，一句話也說不出口。

「……妳知道嗎？A對我說妳總是不夠愛他，他一直等待妳能從回憶裡走出來，從第一天見到妳，腦袋像被雷打到的那時開始，就一直期待妳看著他，真正看見他眼裡的溫度。當我看見他貼著妳閉上眼睡覺時，我就知道他對妳是不一樣的，他是真心想依靠著妳的。我從小跟他一起長大，很了解他的心意，他常常彆扭生氣，是因為妳對他的愛遠遠不及他對妳的。他不想輸也輸不起。我知道他跟前女友分手後閃電跟妳求婚，而妳答應了，後來卻後悔了，這對他是很大的折磨。我知道妳怪他對妳的不坦然，可是如果真要追究起來，到底是誰錯得多？」艾琳一口氣說出來她隱忍許久的話，她一向很愛護著A，很多有關A的心情我都是從她那裡聽說來的。

「越是理解A的背景、他的心情、他的壓力，我就覺得我們不該走下去……我對A來說，也許是一種自由的投影，他喜歡欺負我、捉弄我，將水潑在我的臉上，看我氣得又叫又跳。可是，完美主意性格的他，身上背負的，是家族企業的興衰和延續下一代的巨大壓力，剛從情鎖逃出的我，怎麼可能乖乖被人戴上手銬。我追求的是戀愛，而A要的則是一個完美的妻子。A的優點也是他的缺點——他真誠坦白。他求婚的時候，將一切都交代好了，說明好了，一個有著嚴謹規劃的未來，一點錯都不給機會犯的，這對我來說是個太過計算的感情。好像我手裡就拿著A給我的劇本，讓我照著演，我卻一個字也看不懂。這份愛也許很濃，可是對我來說，太過算計。結果，到後來我跟A都太計較彼此愛得不夠。我當時答應求婚是真心的，當下的真心，我真的沒有要弄他的意思。」我思索了半晌，說出了我退出這段感情真正的理由。

喜歡攝影的A被當過模特兒演員的我所吸引，也許，只是一個美麗的錯誤。

14 給我一個緊緊緊緊的擁抱。

台北Brown Sugar，十二月末一個不是星期三的晚上，嚴格說起來是聖誕節前兩天。

艾琳回來了，蕾西該準備離開了，我還在算塔羅、端咖啡，這個就要來臨的聖誕節對單身的我來說好像沒有什麼不一樣，聖誕節的前三天，蕾西該飛了，艾琳也該飛了。

Zabu Cafe的老闆突然通知我說：「一整個月都不要來了，店要整修改變一下風格。」

「哦！是這樣嗎？」我回答，倒也不知道是該開心還是難過。

「我要回家一趟。」當艾琳正在台上跟一個新來的男歌手合唱《Just give me a reason》時，我一邊喝著粉紅香檳，一邊對蕾西說。

「回老家？」蕾西瞬著她不知為何今天看起來有點腫的眼睛說，她也喝著粉紅香檳，這瓶粉紅香檳是艾琳從新加坡帶回來的。

「是呀，感覺自己是顆累了的鬱金香球莖，這個冬天該好好冬藏，收集好力氣，等春天到的時候，才能『啵！』一聲從土中冒出來。」我小口小口喝著冰冰涼涼的香檳，心想，這瓶香檳可是新加坡來的呢。艾琳後來悄悄跟我說，是A說要送給我們一起喝的。這是A總是遲來的溫柔。

「我不能去舊金山過聖誕節了，一個人總覺得很沒意思，我跟妳回去好了，實在沒有一個人過聖誕節的勇氣，雖然也是有一大堆很棒的其他朋友，但是一想到要重新解釋一切就很沒力，也害怕說多了，讓他們以後對B的印象不好，再怎麼難過，也不想自己壞了跟B的未來。」蕾西說完，深深地嘆了一口氣，香檳杯裡瞬間多了一抹愁思。

「妳跟B，怎麼了嗎？」我有點生氣自己的粗心，氣自己怎麼沒有想到應該與高采烈準備要出國定居的蕾西最近出乎意料地安靜。

「我們沒有怎樣，是他的妻子和女兒來了。」蕾西說著，低下頭望著自己交握的雙手。

「所以說，今年他們一家人要一起過節囉？」我很不解，忍不住脫口而出，一說出口我就發現「糟了！這下蕾西的情緒就會更差了呀！」

說出來的話是追不回來的，不到三秒鐘的時間，蕾西的眼角已經凝聚了一顆眼淚。

「一場愛情，愛著愛著，走著走著，卻在最浪漫的節日，頓時變成外人。」蕾西眼眶泛淚說著。

「是不是就像被褫奪投票權的公民？覺得自己的一份愛，再怎麼濃烈，也注定要隱形？」我用右手臂將蕾西的肩膀圍繞住，將半個她環抱進來。

「也不是怎麼大不了的事，只是不甘心。」蕾西倔強地拭去眼淚。

「話說回來，我好想念他的擁抱……」蕾西又默默地補上了一句。

「妳說的，是那種被擁抱住，覺得自己徹底融化成軟綿綿的女人的擁抱？」我說。

「對，就是那種感覺，讓自己覺得一點點都不必再好強的感受。」蕾西的聲音突然漲滿了力氣。

「好像在等一班公車般，妳這樣的愛情，或許只能等待。」我放開了我的擁抱，拍了拍蕾西的左肩膀。

「明明可以談一段很容易的愛情的，可是我就是放不下他的擁抱。」蕾西輕輕地甩了甩頭，像是要把煩惱甩開似地說。

「對了！」蕾西突然大叫，嚇了我一跳，我轉頭盯著她，想探究她到底想說什麼。

「趁現在艾琳不在，妳可以說說妳跟她表哥A到底是怎樣嗎？她在場的時候我都不敢問耶！」蕾西不知為什麼心情突然大好，開始八卦我的愛情。

「很無奈，很擔心，無法放鬆心情的擁抱，注定悲戀的結局，像一對背對背的戀人。」我看著正在台上唱歌的艾琳，很乾脆不隱瞞地說。有時候，有些話要跟自己信任的人傾訴，才能夠適度將悲傷排遣掉。

「欸，都二十一世紀了，不要再上演這種羅密歐愛不了茱麗葉的劇碼好不好？已經沒有人要看了哦！」蕾西喝了一口粉紅香檳，用力拍了我的右大腿說，好用力，還真的有點疼。

「我們相戀的時間非常非常短暫，就像被閃電打中一樣，都是該死的艾琳亂開玩笑，那時我一直誤以為他是攝影師。我們初次見面的時候，是在曼谷的香格里拉飯店，艾琳在那裡駐唱，我跟她表哥一起去看，他帶了相機和Mac電腦來。於是，我們和其他共同的朋友就一起一張張照片看了起來。他鏡頭下的非洲，生命力十足，看著他的照片真的有一種眼下所有的煩惱都不再重要的感覺。那時候，喜歡上的，是拍出那些生命感的人吧！很自由，很細膩，很單純，很柔軟的心靈寫真。夜深了的時候，我坐在他的身邊，其他的人都紛紛離開了，只剩下我們倆人在等艾琳換好衣服。結果，他關了電腦，說：『我要睡覺了，妳借我靠一下。』說完就兀自在我的旁邊躺下睡起覺來。當艾琳走過來時，看見我正用手托著下巴發呆，而她表哥正在我旁邊睡覺的奇怪一幕。」我一口氣將故事的開頭全部丟給蕾西去消化。

「所以，他不是攝影師囉？這個故事開頭很好啊！沒有悲哀的感覺，是有點無厘頭，但是沒有悲傷感耶！」蕾西消化了一分鐘後追問。

「那段悲傷，跟我的初戀重疊了，A他是一個世家的富二代，他什麼都擁有，就是不擁有自由，那一天是我看見他最自由的一面。」我一邊跟換好衣服向我們走來的艾琳招手，一邊低聲跟蕾西說。

「可是，這故事結束的很莫名其妙，叫人很不服氣。」蕾西拉著我的右手臂直嚷嚷，一點也不死心。

「妳跟我回一趟老家，妳就會明白，為什麼我無法跟他擁有一個未來，為什麼我不能融入他的生活。」我一口氣喝完剩下的香檳。

那晚，我們送艾琳到機場，她直接搭最早的一班到新加坡轉機，然後直飛雪梨，投向她思思念念的情人的擁抱。

我們笑著道別，一起緊緊擁別，我們都沒有哭泣，因為我們就是知道，我們依舊是三個相依的轉軸，我們現在的分別，只是為了將來更幸福美好的相聚。

聖誕節的前一天，台中新社山上。

「咦？原來妳不是鄉下人，是山上人。」蕾西看著車窗外轉換的山景說，一臉掩不住的驚訝。

「是的，長大後，為了適應社會，總要蛻去身上的山林野氣，幻化成人形嘛，不然真的會有一些麻煩的！」我望著前方的蜿蜒山路說。

「這好像可以解釋妳平日偶爾會冒出的一些令人費解的言行舉止。」蕾西理解似地點點頭。

「我家就在這群山的頂端，我爸爸是養蘭花的，所以我家屋子外就是一整片蘭花園。」我指了指遠方的山頂。

「那，妳這傢伙算是離家出走囉？」蕾西突然了解什麼似地，拍手說道。

「也可以這樣說吧！初戀鬧了一場大禍，鬧得不可開交，於是就帶著從小存好的積蓄離開了。這些年倒是做了不少工作。咳，有時候我真的也想好好打自己幾拳，讓自己醒醒。」我一邊小心開車一邊說。

「想回來定居嗎？」蕾西問。

「很想，可是，自己某方面又有點不一樣了，總感覺自己回不來了，就困在這個結界，進不去，出不來。」我輕輕嘆了一口氣。

約莫經過二十分鐘的蜿蜒山路後，我們終於到達記憶中美好寧靜的家園，垂垂老矣的家犬Nike聽到車聲，盡責也寸步維艱地出來迎接我們。

我們下了車子。

「先不要拿行李，我帶妳去看看蘭花園。」我對蕾西招招手，順手脫下自己的裸色芭蕾舞鞋說。

回到這個家，我第一件事就是將鞋子脫下。

「嗯，好呀！」蕾西看著我脫鞋子也跟著手腳俐落地將她的金色平底涼鞋脫下。

我們走到圍牆外，幾步路程外是一大片用遮陽布圍起來的蘭花園，我將爸爸仔細門上的小門推開，領著蕾西彎身走近花圃。

蕾西望著那一片盛開的各式蘭花，哇哇哇叫了起來。

赤著腳又叫又跳的我們，心情如此自由。

「這就是我無法跟隨A的腳步、融入他那家大業大的傳統家庭裡的理由。如果要當一個讓他幸福的好妻子，我勢必就得放棄我從小嚮往與擁有的自由，到時候，我懷疑走入那樣生活的我，是否還能快樂？就像一朵野生的花，被移植到溫室裡，那綻放的姿態一定是不一樣的了。」我對身旁的蕾西說。

「……我看見妳在另一個人的身旁，那時的妳笑得像朵花，安心而自由。」蕾西若有所思地說，說完促狹地望著我。

「被融化成冰淇淋的擁抱嗎？」我說，不知道是對蕾西還是對我自己。

「Talk to me any time when you need me.」蕾西突然說起英文。

「你指的是F吧！」我問。

「我還以為妳會一直裝蒜下去。」蕾西輕彈了一下我的額頭。

「在妳面前裝不了的。」我雙手一攤說。

「如果是F，我想也許妳就可以獲得幸福。」蕾西點點頭說。

我心中的海洋彷彿開始漲潮，浪花不知不覺地溢出了我的眼眶。

冬季，聖誕夜就要來臨的傍晚，我跟蕾西就在聞得見我媽媽煮的季節食材料理的蘭花圃裡，一起脫下了無法訴說祕密的悲傷外衣，瞬間化成了兩隻快樂的白粉蝶，雙雙飛舞。

「像我們這樣的人，也有我們這樣的人的煩惱與悲傷。可是我真的愛妳，妳難道就不能為了我改變一點點，讓我帶妳回新加坡？就為我們將來可以擁有的未來委屈自己一些、忍耐一些？我常常在想，妳不夠愛我，否則妳不會連試都不去試，只有我一直想著我們可能的未來，一直都只有我。妳的心到底在哪裡？」分手的時候，我與A唯一一次也是最後一次緊緊擁抱，他低下頭對我說。

當時，我沉默不語，黯然轉身。

有一句話，我當時抑在心裡，卻一直沒有說出口。

「相信我，我知道的，我就是太明白了，所以我只能腳步加快往前走，走著走著，跑起來了，跑著跑著，人形裝扮漸漸蛻去了，只見到一隻貍貓在路上沒命地奔跑。」

A家裡的事業，每跨一國，我們之間的距離就遠了一個國，一個國一個國下去，我們終於再也尋找不到彼此的身影。

如果說，離開一段愛情需要一個理由，那麼這就是那個必須給的理由。

15 是不是，是不是我們太愛妳了，所以妳無法幸福？

今年的最後一天，我帶媽媽去谷關泡溫泉，在這個山上的家，媽媽是我的手帕交，這幾年在外面闖蕩怕了，朋友變得很難交心，於是，有些話學會了不說，不然就是跟媽媽說。這輩子最常跟我吵架的人大概是媽媽，我總是以一種不矯飾的任性去跟她耍賴，因為我知道，她再怎麼生氣我，她還是會在我們吵架後，任我軟著聲音環抱她下融化。她，是我唯一相信可以見過我最無賴的一面卻依然愛我如昔的人，所謂母女連心這件事是有的。因為她也只跟我說她所有的祕密，我們爭執，吵鬧，彼此看對方不順眼，可是卻依然相信彼此相愛。這種愛，是存在的，我在她的身上看見了。

「妳的脾氣，如果跟妳這裝扮好乾乾淨淨、清清爽爽的臉一樣就好了，人的外表要裝扮，脾氣也要裝扮啊！對妳的媽媽要好一點，不要老是跟她耍拗！」很多年前，白龍王對著笑意盈盈的我這樣說，當時，我低下頭，真的低下頭，想著：「白龍王是可以看見一個人的內心的。」

後來，我每次要動怒，就硬是壓一下，壓一下的，不知不覺就變成一個有些淡然，有些假仙的人了。

十二月三十一日，下午一點三十分，谷關伊豆湯屋。

吃過早餐我跟媽媽送蕾西下山坐高鐵回台北後，我心血來潮跟媽媽說：「媽，我帶妳去泡母女湯吧！好嗎？好嗎？走嘛，走嘛！」

「如果妳開車不嫌麻煩，我們就去囉！傍晚打個電話跟爸爸說就好了，反正哥哥他們一家人都在，很熱鬧，我們走得開，也好，我也有話想跟妳單獨說說。」媽媽竟然很乾脆地答應了，她答應地如此輕鬆，我反而很意外。

於是，我們來到離我們家約莫四十分鐘車程的谷關溫泉區。

一邊放溫泉水，我一邊準備兩杯熱咖啡，媽媽本來不喝咖啡的，可能是習慣吧，我們散步後總會去喝杯咖啡，因此媽媽不知不覺也有了這個癮。

「妹妹，下來吧！水溫剛剛好。」媽媽將身子泡到溫泉水裡對我招招手。

「我把咖啡一起端來，我們可以一邊泡，一邊喝。」我將咖啡一杯放在媽媽的旁邊，一杯擺在另一頭，然後緩緩下了溫泉池。

這是露天的日式湯屋，可以看見外面的藍天白雲。

「……妹妹，如果妳二十三歲那年就乖乖嫁了，現在應該會很幸福。」媽媽果然說出了我們冰封三尺的心結。

「我不覺得那是個錯誤，是我做的決定，我從來沒有後悔過。只是真的真的很抱歉，讓你們丟臉擔心了。」我很嚴肅地對媽媽說，歲月的流逝之快，生命如此無常，今天我若不趕緊抓著這個機會好好跟媽媽道歉，將來我一定會後悔。

「不管我們兩個的想法差異有多大，我的婚姻觀對妳來說如何不合時宜，我只是要妳明白，我一心要妳幸福。」媽媽一邊喝著我泡的咖啡一邊說。

媽媽內心裡其實是個很剛烈的人吧！溫柔的外表下，跟我一樣的剛烈與傲骨，這樣的脾氣卻只有我看得見。媽媽喜歡的熱咖啡遠遠要比我喜歡的還熱燙。有時候，我出門幫她外帶拿鐵回來，有兩杯，她總是細心去挑出比較燙的那杯，然後喝一口，嘆道：「拿鐵就是要喝燙的！」喔！所謂的母女，所謂的DNA！難怪，我們兩個老是找架吵，有一次我跟媽媽在廚房鬧了起來，正在準備午餐的她，猛然拿起菜刀在花崗石流理台上大力拍打好幾下，然後狂風似地，抄起鍋碗瓢盆猛摔猛砸，把我嚇暈了！不過，那樣的媽媽也許是幸福的，她難得可以發一場脾氣。否則，在這個家爸爸永遠先佔了發脾氣的特權。媽媽愛爸爸，總是愛得那樣卑微，那個早年跟著爸爸一起經商，在外頭呼風喚雨的老闆娘，一進了家門，就成了彎下腰幫爸爸準備拖鞋的傳統日式妻子。終於，我親眼看見媽媽的熊熊怒火與驚人的氣魄，也突然了解早年在金工師傅面前哇哇跳腳的自己真的是媽媽生的女兒。

「媽媽，我畢竟不是妳，我的幸福不能由妳來定義，妳認為嫁給家鄉的建設公司么子或是××溫泉酒店的兒子這種幸福，終究不是下過山，出過國，闖過世界的我可以接受認可的！那一年我很年輕，如果熬下來了，或許真的可以安定，但是，事實就是我被嚇壞了，當下真的就熬不下去了。」我一口氣說了很多，也趕緊趁熱喝著咖啡。

「可是，那時候妳好幸福，好純真，是我跟爸爸記憶中的妳，妳從小就愛笑，調皮搗蛋，愛笑愛鬧，像隻小貍貓！」媽媽嘆了一口氣。

「我失去了純真，是嗎？」我也有些難受了起來。

「我跟爸爸有時候會想，我們是不是當初不該將妳送出國，妳留在山上，跟著我們生活，是不是還比較容易幸福？」媽媽坐起身子泡足湯，眺望外面的風景。

「想都別想！如果我留在山上，我永遠成不了女人，只會變成一隻老貍貓，還沒長大就老了，一場戀愛都沒談過就老了，一想到就不甘心！」我也有樣學樣地跟著媽媽泡足湯。

「戀愛嗎？我跟爸爸是一相親就訂親了，可是他的大哥大嫂深怕他一結婚就討著分家產，足足年長妳爸爸二十歲的大伯當時當家做主，硬是扣著爸爸賺來的應得的每一分錢，阻擾著不讓我過門。一門親事在訂親後足足拖了一年多，後來妳爸爸鐵了心去借錢來娶我，我們的婚姻是從負債開始的。」媽媽說起了往事。

爸爸媽媽的往事，對我來說總像是灑狗血的連續劇，看了令人心臟無力。

「那妳為何要答應嫁給爸爸？」我好奇地問。

「那個訂婚是漫長的訂婚，爸爸年輕的時候很受歡迎，妳也知道他開心的時候，很會開玩笑，逗人開心的。當時，在娘家，哥哥不疼嫂嫂不愛，家產戰爭下的我，日子也是難熬。」媽媽說著，臉上有點羞赧。

「也就是說爸爸是妳唯一的戀愛，所以妳真的很甘願跟著爸爸辛苦囉？完美主義的爸爸稍微看什麼不順眼，就會冒起怒火，我們一個個都逃了，只有妳總是跟在他身後，總是被罵，總是不被疼惜。」以一個女人的立場來說，我真的替媽媽捨不得。

「那是你爸爸唯一愛人的方式，我離家出走過好幾次。我知道他也急，也痛苦，所以我又回來了，出去外面，突然變得好靜、好閒，也是不習慣，我想我這輩子真的是出生來愛他的。」媽媽喝完了她的咖啡，很自然地將杯子端給我說：「還要再來一杯！」有些酒量的媽媽，喝咖啡猶如喝酒的豪邁。

「好，那我也再來一杯，我們母女倆來慶祝一下，不管為了什麼理由。」我站起身開始忙著弄咖啡。

「話說回來，爸爸好幸福喔！媽媽說的那句『我這輩子就是出生來愛他的』真是浪漫極了呢！我如果是妳的情人，真的會整個融化！那是一種溫柔包容到了極致的愛意吧！」我哇哇哇地說。

「我在給予與去愛的時候，就能深深感到幸福，一點也不會寂寞。妹妹，對於愛，妳還不懂，妳要好好看著、跟著學，這樣才能幸福永久。」媽媽忍不住笑了出來說。

「媽媽，我有跟妳說過，我很慶幸自己是妳的女兒嗎？我雖然很愛跟妳吵架，可是其實我很愛妳的。這是一種很難說明，但是如果硬要說的話大概就是『愛妳愛到可以跟妳放心吵架』這樣的感覺。」我在泡溫泉的時候，總是可以說出自己深深深深隱藏的真心話。

「妹妹，妳跟別人就不行嗎？跟之前的未婚夫沒有吵架過嗎？這樣不行喔！將來妳會很辛苦的。」媽媽將身子浸回溫泉水裡有些驚訝地說。

「我就是沒辦法，因為我知道自己嘴巴壞，怕說出來會劃傷人的心，怕被揍！我調皮是調皮，可是妳也知道我其實很沒有膽子的。」我說著說著，不知不覺有些淚意。

「那他是不是打妳了，所以妳才逃婚？幹嘛不說清楚，讓人一直說妳小話?!」媽媽激動了起來，嗓門變大了說。

「……差不多是那樣，總之，我那時候很害怕，不敢面對，也怕挨你們罵，所以就逃去上海……」我趕緊將剛泡好的咖啡交給媽媽，讓她稍微轉移一下注意力。

「說起來妳從小就愛存錢，這幾年下來，自己工作自己賺錢，加上我們給妳的一筆錢，妳自己順利投資，經濟上倒是沒有讓我們擔心。雖然談的感情都很轟轟烈烈，卻總是沒有結果，不過，妳也沒浪費我們給妳受的教育就是了。那陣子，妳說要簽約去當model，讓妳爸爸氣炸了，還說早知道就帶全家去紐西蘭開牧場。妹妹，我說這些話是要讓妳知道，爸爸很愛妳的，他總是注意著妳臉上的表情，知道妳哭了，笑了，戀愛了，還是失戀了。」媽媽喝起她第二杯燙燙的咖啡說。

「你們的愛與期望，濃濃深深燙燙，我們的青春，我們卻想自己去闖，去犯錯，我很抱歉總是讓你們失望，可是這是我的人生，你們不能陪我一輩子，我能做到的，只是從過去的錯誤中學習，我的愛情請你們放手。」我以一個大人的姿態跟媽媽請求，期待她能給我祝福。

「是不是我們給妳太多的愛，所以妳不容易幸福？從小妳就好運，哥哥總說：『小妹出生就擁有一手好牌，牌技再爛，隨便打隨便贏！』妳哥哥很疼妳，你們兩個總是護著彼此，這種相愛，不是我教的，是你們自己會的，我總覺得哥哥最了解妳。」媽媽終於也笑了說。

「是啊，哥哥他是教會我什麼是愛的人。小時候，他看過我最多的笑容與眼淚，就連我自己當年都沒察覺的初戀，也是他看在眼裡並在事後告訴我的。他說我需要一個可以仰望的靈魂。在哥哥這樣一個心靈如此澄淨的人身邊長大，我也真的習慣了仰望。媽媽，我會幸福的，幸福正慢慢走來，我已經不一樣了，現在的我，雙手往上，捧得住幸福。」我將雙手併攏捧起溫泉水說，開始有了撒嬌的心情。我突然明白自己為什麼對F有著莫名的信任和感情，原來他給我的靈魂溫度就像哥哥。我知道我就算跌到了，他也總在身邊扶持。那是一種感覺，並非真的在彼此身邊，是一種雖然距離遙遠卻靈魂相依的安心。

「妳應該會幸福的，我們都這樣愛著妳。」媽媽終於也笑了。

「那在幸福來到以前，就讓我再賴著你們一會兒，就當陪陪你們，這幾年流浪夠了，我開始懂得珍惜在那之前體會不到的小女兒滋味了。」我趕快趁媽媽心門打開的時候，闖了進去。

「妹妹，妳最近乖了，也看起來很快樂，是不是有了什麼祕密？」媽媽眼裡閃著亮光跟我說。

「呵呵，明年聖誕節再跟妳說，就當我送給妳跟爸爸的禮物。」我露出了神祕的笑容輕輕用手指在嘴上交叉比了叉。

「突然覺得在路上撿回來一隻走失很久的貍貓。」媽媽喝著她那依舊熱燙燙的咖啡，我看著她，她喝一口，我也喝一口，有樣學樣。

冬季，今年最後一天，安靜的下午。

一對母女，多年的心結，因為兩杯咖啡，一個溫泉，就這樣順利解開了。

在天黑以前，她們收拾好心情，慢慢開車回家了，車內飄盪著的，不再是蕭邦的古典音樂，兩個人的身子與臉上的表情，都放鬆了。

It's gonna be a great year 2013.

16 *Fifty, fifty*，一半一半。

二〇一三，一月的某一天，台中新社山上。

我大概是一個很擅長等待的人吧。在山中的歲月不是用一天天算的，而是用見到幾隻老鷹來算的，有種說法：「如果你看見老鷹翱翔而過，你將得到好運。」於是，在山上很是悠閒的我，常常看著天空——陰天，晴天，雨天，黑夜與白晝。

自從我去了一趟爸爸媽媽經營的有機農場，因為綠色的菜蟲嚇到腳步一個不穩，不小心跌倒壓死爸爸心愛的木瓜樹後，我就被沒收了back stage card。

「妳隨便去做什麼都好，就是不要再進來啦！從小到大，妳來田裡，總是沒有什麼好事發生！」爸爸一邊說著一邊將我趕出菜圃。

於是，在收集了十隻老鷹的英姿後，我決定該下山去收集我那剩下的十張塔羅紅色百圓鈔。其實，從收到第七十九張百圓鈔的那天起，我就悄悄地將自己的規則變了：每個星期三只收一個客人，每個人只能問一個問題，也就是說，整個收集百圓鈔的速度陡降，只是因為莫名的我不想要那麼快收集到九十九張塔羅牌。

還記得小時候要去遠足的那種心情，要出發的前一夜，真的是興奮到不行，就像whisky on the rock在舌尖跳舞，讓人捨不得將它吞下。

「那麼，我要下山去了喔！我農曆年再回來！差不多一個月後。」我跟在廚房裡忙著熬藥草給我喝的媽媽說。她正忙著將藥草熬好，裝瓶讓我帶去台北慢慢兑著水喝。

「也是該下山了，不然我跟爸爸也擔心妳要發芽了。那個城市，有妳想要見的人吧！」媽媽很是替我高興地說，那一天我們一起泡溫泉之後，她就像變了一個人似地，支持我做的任何決定。

「嗯！有喔！」我用力地點了點頭，大概是露出了有點傻氣的笑容。

媽媽將手擦乾淨，摸了摸我的頭說：「妳這個傻孩子。」

媽媽總是跟我一樣，忘了我幾歲。

「爸爸人呢？」我遍尋不著爸爸的身影。

「他跑去花圃躲起來了吧！每次妳要離開，他總是這樣的，有時候，我還看見他偷偷在翻妳小時候的照片。」媽媽笑了出來，指了指花圃的方向。

「這個給妳自己去裝瓶，我很用心煮的，一大早就去採藥草了，又洗、又切、又熬，很辛苦的。妳要乖乖按時按量喝，就希望妳保養得漂漂亮亮，像林志玲一樣。」媽媽把剛煎好的藥草汁整鍋遞給我，一副累呼呼的樣子，可是又忍不住開起玩笑。

「我看，是林志玲的鄰居吧！」我自己哈哈地笑起來，其實我心裡很開心，因為媽媽從小從來沒有讚美過我的外表。我常常覺得自己在她心目中不夠美，不夠好，今天她說得這句話，是我聽過最接近讚美的話。

「唉！真的該常常帶媽媽去泡溫泉喝咖啡的！」我對自己說。被愛的感覺很棒，好像小時候吃過的粉紅色棉花糖，甜的像夢，輕的要飄起來一樣。

收拾好東西後，哥哥來載我下山去坐高鐵。

「感覺好像一場夢！好不真實！」哥哥專注地望著前方山路，規矩地開著車下山。

「我闖下了不少禍，是吧？」我有些心虛地說。

「是很轟轟烈烈……不過，我跟妳說過我很羨慕妳的自由嗎？」哥哥說，聲音裡有些隱藏的落寞。

「說過，你總是這樣對我說。沒有你，我飛不高。是你總是叫我去追逐我想要的夢，你說你走不了，要守著，所以要我放心往前飛。」哥哥說的話，我沒有一刻忘記。

「那麼，你還記得你要去日本時，我跟妳說的話嗎？」哥哥很慎重地問我。

「那個嗎？關於數字的？」我打起啞謎，我跟哥哥之間的啞謎。

「對！就是那個！要記好了，不要再讓我擔心好嗎？我也會心臟無力的。」哥哥確定我記得他說的話，鬆了一口氣，然後他空出了右手捏了捏我的鼻子，就像小時候一樣。

「好好！我在心裡跟你打勾勾。」我說，用力點了點頭。

這個人，在我心目的形象最純淨，他教會我如何去愛，他說過：「將一個人的優點無限放大，將他的缺點無限縮小，那麼妳就能一直愛他。可是，妳要記得，這個人要是萬中選一的，不然，妳心中柔軟的城池，就全毀了。」

到了高鐵站，下了車，我背負著太多美好回憶與濃厚的愛，我低頭推門下車，說了謝謝，便快步跑向車站裡面，我一次也不敢回頭，就怕眼眶要紅了，淚就要落下了。

我的家人，愛都太濃，於是，個個深怕離別。

台北，Zabu Cafe，中午十二點整。

明明說要整修改裝的Zabu看起來跟一個月前差不多。除了桌椅換了位置，多了音響之外，還是那個神祕兮兮，陽光照不太進來的慵懶模樣，不知怎麼地我突然有些放心。大概我內心裡有些害怕，當我走進來時，會有走進星巴克的錯覺。

老闆特別煮了一杯咖啡歡迎我，是耶加雪夫。一種有著玫瑰香氣般，味覺嗅覺都會跳舞的咖啡，絢麗的，討喜的。我專心喝完這一杯耶加雪夫，才發覺吃不下原本自己一直很喜歡的布朗尼。

我喝完了耶加雪夫，突然感到有點不放心，又加點了熱拿鐵。

「這樣才感覺降落了地球，幻化成了人形。」我一小口一小口啜飲著燙口的熱拿鐵對自己說。

下午，時間不知道為什麼很是難熬，一切都變成了慢動作的默劇般，總感覺少了什麼，也許是看不到老鷹了吧。

下午，四點三十分。

天陰陰的，沒有風，我站在店外面的榕樹下，重心擺在左邊斜斜倚著樹站著。

然後，一分鐘，兩分鐘，三分鐘，時間一點一點過去了。我抬頭看看天空，除了陰沉沉的雲，什麼都沒有，一隻老鷹的影子都沒有。

就在我正要轉身進去收拾東西下班回家去時，一團焦糖色雲朵向我飛速奔來，我沒有轉頭，就聽見耳際響起了巴哈的樂音。

被堵在水壩的時間的洪流，終於不再被禁錮，自由地奔流。

二〇一三的台北時間，終於，動了。

「關於快樂這件事，是fifty, fifty，一半一半。」F久違了的聲音在隔著我不遠的身後說。一如以往，他只給方向，解釋妳得自己費心去尋找。

我突然想起上一次見到F的時候，他正要遠行，說再見的時候，我們緊緊相擁，他低下頭在我的耳邊說：「妳的心太忙，妳的溫柔太氾濫。」說完他便放開我轉身離去，沒有回頭。後來我才聽F說：「那一天，妳離開我的懷抱後，我往前走了幾步回頭望著妳，可是妳已瀟灑離去，一次也沒有回頭。」原來那天，我們都不捨地回頭尋找彼此的身影，只是我們就在那幾秒鐘的時間下錯過了彼此的留戀，留下了無奈的寂寞。

17 *Please just give me a second.*

二〇一三，一月中旬的某一個星期四，上午十一點半，台北，Zabu Cafe。

昨天是星期三，我收到了第九十一張塔羅百圓鈔，說不出來是新還是舊的一張看起來極其普通的紅色鈔票。我一路走上坡，往左轉，推門走進Zabu，我怎麼也想不到，艾琳跟蕾西已經一起坐在靠窗的位置。

「有人可以跟我解釋這是怎麼回事嗎？妳們兩個是不是跑錯了場景?!」我一邊說著，一邊將包包放好，頓時有些沒力地趴在吧台上，等老闆將分明是她們兩個剛剛點的咖啡做好。

「三十五不敵二十五，機票回程是open的。」艾琳簡潔地說。

「哼？嗯！喔！」我如此回應艾琳，她的意思是說，她三十五歲抵擋不了二十五歲的情敵，機票是open的，所以一氣之下就回來了。

「那妳呢？妳的舊金山呢？」我對著蕾西問。

「對喔！我也還來不及問，我剛剛走進來，沒有看到愛瑪，卻看到蕾西，真的還以為自己頭昏眼花了。妳不是聖誕節就該在舊金山嗎？妳也是跑錯場景了嗎，蕾西？」艾琳拍了拍蕾西的左大腿說。

「三十四不敵五，機票去程是open的。」蕾西說完將頭撇了開，望向了窗外。

「咦？嗯！喔！」我說，原來三十四歲的蕾西因為得避開B年紀還小的五歲女兒，一避就沒完沒了。

「Status? You two!」我一邊將蕾西先到先點的熱爪哇手工咖啡端上，一邊低聲問她們，店裡面除了我們三個和老闆、廚師外，沒有其他人，可是我卻不自覺壓低了聲量。

「現在的怒意驟減，突然覺得自己很幼稚，是不是跟D戀愛談久了，心智年齡跟著下降？」艾琳不耐煩地看著吧台說。

「等等，咖啡馬上就來。艾琳，好像不是這樣說的吧？人一旦真的陷入熱戀，都是比幼稚的！戀愛，是一種以浪漫之名光明正大的失心瘋，想想我們的Jimmy Choo。」我蹲下來在艾琳的身邊，將右手放在她的左大腿上安撫著等咖啡等得不耐煩，煙癮也許正犯上了的她說。

「啊！我們的Choo!!!」Jimmy Choo彷彿是種解語，蕾西突然從昏睡中醒來，哇哇地叫著Choo。

我低下頭看看我們三個人的鞋子，蕾西是金色皮質平底夾腳涼鞋，有點羅馬風，艾琳是厚底的Converse白色布鞋，而我自己則是Diesel螢光粉橘三吋高跟鞋。女孩子腳上的鞋子，最能代表當下的心情，是一張明明白白寫著情緒的標籤。

「愛瑪，妳穿高跟鞋端咖啡喔？」蕾西突然發現新大陸似地嚷嚷了起來。

「喔，妳有喜歡的人在附近喲。」艾琳促狹地說。

我跟艾琳以前一起工作過，她很了解我，又開始捉弄起我來。

剛剛我走進來Zabu之前，將包包裡的高跟鞋拿出來換上，將腳上的平底芭蕾舞鞋收進鞋袋裡收納進總是拎著的Anya Hinmarch金色厚皮質簡單剪裁大包包裡。

「追求一種緊張感，就像要上台前那種緊張感。將心裡的烏龜趕進去躲起來，用一種勇敢的姿態來面對，不然妳們也知道我很容易恍神發呆的，像一台老機器無法正常運作，這雙高跟鞋，就像超人的披風吧！」我一邊將艾琳等得不耐煩的Americano triple shoot端上，一邊說道。

「是不是就像我的圍巾，總是要圍著的？」蕾西指了指自己脖子上繫著的灰色圍巾說。

「也像我的辮子？」艾琳指了指自己總是仔細編好的髮辮說。

「大概就是那麼一回事吧！」我草草地結束話題，不想她們再追問我什麼。

「……妳們相信愛情的永恆嗎？幸福的持續嗎？」蕾西今天不知道哪根筋不

對，丟出了一個嚴肅又沉重的問題。

「艾琳，妳先回答，我需要一杯熱拿鐵醒醒腦。」我輕輕地推了推艾琳的左邊肩膀，站起來走向吧台。

「我的話是當然的喔！一點質疑也沒有，我相信是有真愛這回事的！相愛的兩個人一定會無敵的，對不對？王子跟公主從此過著幸福快樂的日子！」艾琳說完自己先拍著膝蓋哈哈笑了起來。

「我還無敵鐵金剛咧，無敵！艾琳，難怪妳是歌手，不是作家！就會亂說一通，一點說服力也沒有，妳就是《Gossip Girl》看太多啦！不過某方面我也了解了妳為什麼跟妳們家D那麼地相配耶！」蕾西開始捉弄起艾琳。

「真的嗎？很配是嗎？」艾琳睜大了眼睛，眼裡閃著興奮的亮光，果然是熱戀中的女人，若是以前，蕾西這樣說她，兩個人肯定鬧上了，但是現在的艾琳，腦裡只剩少的可憐的戀愛智商。

「對啦、對啦，你們很配啦！你們兩個在一起，就自成一個wonderland。」我一邊端回我的熱拿鐵一邊笑著說。

「一秒一秒加起來，成了一分鐘，一分鐘一分鐘加起來，成了一個鐘頭，一個鐘頭一鐘頭加起來，成了一天，一天一天加起來，成了月，年，甲子。所以說，永遠，就是當下的一秒鐘。很多很多美麗的一秒鐘，就是妳想要的幸福永遠。」我一口氣喝完杯子裡的熱拿鐵，然後將喝咖啡時腦海浮現的想法說了出來。

「果然是愛瑪！」蕾西點了點頭很是滿意地說。

「愛瑪是說話總是甜死人不償命的浪漫派啦！」艾琳有點不服氣，語畢她的iPhone 5就響了。她匆匆地拎起了她的Hotpink Chanel 2.55包，風也似地奔到店外頭講電話去了。來電鈴聲是《Just give me a reason》，是她那日夜與冬夏跟我們顛倒的情人D打來的。艾琳瞬間又回去她的wonderland，這個見色忘友的女生，馬上將我跟蕾西忘了。

「愛瑪，我很不羅曼蒂克吧？」蕾西看艾琳一走出去，就低聲問我。

「It's the way you are.」當我中文說不出口的時候，就會轉換成英文模式。

「所以這樣是很糟糕嗎？」蕾西臉上有點不好意思地接著問。

「我覺得，自己羅曼蒂克到不行，可是我很喜歡這樣的妳！有時候妳的理性與我的感性碰撞在一起，反而有些笑點呢。」這難道是所謂「互補的火花」嗎？我一邊笑一邊說，自己也開始思考起所謂「互補的火花」這件事。

「我們三個裡面，我最實際，最理智，可是我戀愛談得最多，我現在越發覺得，是不是我太會『談戀愛』以至於不懂『愛』？」說完蕾西便陷入了沉思。

「我一直認為我們三個中最懂得愛的是艾琳，我常常很羨慕她對愛的奮不顧身，說起純真這件事，我想我們都不如她。」我望著窗外那頭一邊吐著煙一邊講電話，臉上表情變化萬千的艾琳說。

「妳喜歡B嗎？我知道我不該問，可是我還是想知道。」蕾西今天一直露出讓我感到很陌生的羞澀表情，她在我們沉默了一會兒的空檔後說。

「……我喜歡妳跟B在一起時露出的表情，我喜歡跟B在一起時的妳。」我沉思了三十秒鐘回答，我一直覺得這種問題很棘手，所以我總是仔細思考過再回答。

我話語剛落，蕾西的iPhone 5也響了。她看了看手機的來電顯示，露出一抹微笑，然後將手機放回包包裡。

「不接嗎？」我問，看她臉上的笑容也知道打來的是B。

「不了，想折磨他。很奇怪，我特別喜歡折磨他。」蕾西終於露出今天最亮眼的笑容，原來這整個聊天的過程中，她都在等B的電話，她的身子是跟我們在一起，她的心卻一直留在舊金山。嚴格說起來，聖誕節的時候，她就已經飛去舊金山了，一直就沒有回來過，戀愛中的女人都是這樣的，各個重色輕友。

「我也喜歡跟B在一起時的自己，總覺得自己是有救的。自己不浪漫，不相信幸福永久的病，是有解藥的。」蕾西說著說著臉上泛起了一陣紅暈。

「愛瑪，蕾西，妳們要跟我回新加坡嗎？我們三個一起大鬧一場，然後，我再飛去雪梨。」艾琳帶著一身煙味跑了進來坐在我和蕾西的中間，像剛剛充滿電的手機，整個電力滿格。

「老是嚷著去新加坡，妳是新加坡旅遊代言人嗎？」我一邊站起來走回吧台端老闆剛剛幫別的客人煮好的熱拿鐵一邊說。

「我是想去，可是我要去舊金山找尋我這『不浪漫的病』的解藥。」蕾西舉起雙手對著艾琳說。

「愛瑪妳呢？」艾琳睜著她那小鹿斑比般的大眼睛望著端完咖啡正往回走的我，當她想要得到什麼東西時，就會露出那樣的表情。

「我不行啦，過年後我要去巴賽隆納。」我站在她們兩個中間，雙手插著腰說。

「什麼?!妳不是就該一直守在Zabu的嗎？妳的塔羅怎麼辦？妳的咖啡怎麼辦？妳的小說怎麼辦？」蕾西激動地叫了起來，像個盡責的祕書般，一一提醒我該做的事。

「這個什麼見鬼了的巴賽隆納是哪裡跑出來的主意呀？怎麼樣都說不通啊！」艾琳真的一副困擾極了的樣子嚷嚷了起來。

「我……想要回去巴賽隆納喝噴泉水，去尋找前往彩虹的另一端的通關密碼。」我一邊說著一邊看著窗外。

「啊！下雨了。」我低聲地對自己說。

就在蕾西和艾琳正要丟出一百個，一千個問題給我之前，我逕自推門走了出去，望著天空，雖然明知不可能，依然不自覺地尋找起老鷹的身影。

如果，這時你也跟蕾西和艾琳一樣好奇地望著我什麼都沒有寫的背影，你會發現，我的身子總是不經意地微微向左。

後來，蕾西和艾琳說，當我走出去的時候，我的iPhone 4S也響了，我看了看來電顯示，是A，鈴聲響了一聲又一聲。

然後，終於，陷入寂靜。輕輕地我嘆了一口氣。

18 單純地只是因為我想玩個夠。

二〇一三，二月十五日~三月十五日，巴賽隆納。

我的巴賽隆納是由一杯café con leche（西班牙式濃縮咖啡加熱牛奶）展開的，在過完一個沒有情人的情人節後，我踏上了這久違了十年的城市。一個人，沒有人跟我說話，我不必跟任何人說話。有時候我會這樣，當我正在思索一個很重大的決定時，我會將自己從世界抽離，把所有會混淆思慮的因素全部拔光，像沉入海洋深處般，去傾聽自己心裡的聲音。深海裡是沒有光的，所以視覺失去了作用，真正敏銳的是聽覺。

在巴賽隆納，我真的聽見了我在尋找的聲音。

「蜜月的時候，想去哪裡？」有一個深戀過的情人曾經問過我這個問題，我想了許久，在曾經造訪過的巴黎、布拉格跟巴賽隆納中游移不決。後來我選擇了巴賽隆納，只因為我喜歡這裡的食物與陽光，是一個很適合居住的城市。

我決定好了城市，卻跟他分手了，分得徹底，在他的心目中我宣告死亡。在他美國的故鄉加州，與我們相戀的城市曼谷，他都告訴我「不准再踏進一步。」

對於他這個決定，我沒有憤怒，只是感到難受。我們相戀多年，所以我很了解這個男人，他是有多少愛，就有多少恨的人。我們相愛很濃時，他曾說過的：「如果有一天我們分手了，我絕對絕對不會祝福妳，我絕對不要以後的妳擁有比此刻更濃烈的幸福。」

這個男人敢愛敢恨，十分適合當小說裡的男主角，他說的話常常是一句句戲劇力驚人的華美台詞。

漸漸地，我們兩人主演的愛情劇劇情變質成了心理驚悚劇，就像《與敵人共枕》那部美國老電影，曾經有多少愛，後來就有多少無奈。

一隻野貍貓變成了家貓，在分手後，提著簡單的行李離家，我才發現自己已經變成了一隻被豢養了許久，頓時失去了家，不野了的貍貓。那時候的我可以放心在工作上闖蕩，是因為我知道他總是在不遠處守著我，所以我能安心地去闖，去發光發熱，因為我知道自己有家可歸。可惜的是，我在失去他很久很久之後，在兩人的愛徹底絕望之後，才能站遠回頭去看，才能發現他給予我的，是傾注他所有的愛的細微線索。

我們也曾經靠得很近，是一對背對背的戀人，如此接近卻看不到彼此的愛意。

第一次來到這個城市是我十八歲那年，自己坐著火車從巴黎下來，也沒有什麼特別的理由，只是單純想來看看有著這個名字的城市，我獨自在這個城市漫步，去看海，去吃Tapas，去吃海鮮飯，去捐錢給乞討的吉普賽人，然後傻傻地被他們偷走身上所有的現金。那一年，我看完了我當時一點都不懂的高第。當時只覺得這個人真的色彩繽紛，那些色彩就像夏夜的天空裡一朵朵炸了開來的煙火，讓自己「假死」的心整個醒來。我當時只覺得對剛剛從亞洲搬來歐洲求學的自己來說，亞洲總是如此含蓄，而歐洲則有一種敢愛敢恨的霸氣，也許是那個時候我學會了愛的勇氣，在那個滿是彩虹色彩，滿是奔放熱情的城市。

十八歲的時候，我喜歡上巴賽隆納的熱巧克力，那樣濃，那樣稠，彷彿「稀」這個字眼在這個城市並不存在。這次來到巴賽隆納，我也喝café con leche，彷彿就該這樣，在巴黎你該喝一杯café au lait，在巴賽隆納就該來一杯café con leche。我喝到的café con leche感覺上比café au lait濃一點，苦一點，成熟一點，小杯一點，優雅一點。是一杯比較熱情的咖啡，以酒來比較的話，比較類似single malt whisky，一整杯喝下去，有一種心被雙手捧住緊緊捏住的感覺。

這大概就是所謂的「復活」吧。

一種適合失戀的人，正要戀愛的人喝的咖啡。這個城市，是不容許失去愛的勇氣這件事的。

旅行的過程中，跟一個當地珠寶設計師品牌接觸。本來野心復萌，想重新加入設計師的行列，後來跟年屆六十的大老闆坐下來以我蹩腳法文盡量長談的結果，我發現，我再也不想居住在這個城市了。我也不想再經營公司了，那些我已經遺棄了的過去，我已經回不了頭了。

於是，我交出了七張以彩虹為基調的pale neon（淡螢光）色卡，將夢想交給他們，將好不容易談來的代理權條件轉給一個在上海的代理商朋友，既然她有興趣，就讓她親自來一趟巴賽隆納想辦法說服對方。這種感覺就像將自己無緣了的舊情人交給了自己的朋友，也是好事一樁。

「不覺得可惜嗎？妳以前野心好大耶！」上海的朋友有些驚訝地問我。

「不可惜，我現在野心更大呢！我想要幸福永遠。」我在line的這頭回她。

在下這個決定的前一夜，我難得地失眠了。

隔天一早，我換上平底長靴，到樓下轉角的咖啡屋喝了一杯café con leche，吃了一個不知道哪個人請的bikini（一種烤過的英國土司夾起司和火腿）。然後，我就以帥氣的步伐（自己以為很帥氣，其實喘得要死）一路往左，爬上了山坡的頂端，來到了Park Guell，就是那個有著很多彩色馬賽克，有著聞名的彩色變色龍的公園，這裡是高第生前與好友Guell未竟的夢。當初他想在這個山上建築設計一個美麗的桃花源，讓許多想居住在大自然，對於美感有著相同追求的人，紛紛入住這個社區，環抱山，眺望海，活在美裡面，感受宇宙的真義。但是很可惜，在當時想法先進的高第，終究落入了「曲高和寡」的悲劇命運。當好友Guell過世後，終生未娶獨自面對世界的高第，彷彿被太空船拋下的孤獨外星人，總是垂著頭在街上沉思，隻身行走。後來，意外找上了他，他被電車撞了，受了重傷，這個懷抱著未竟的理想與一滿眼一整心的美麗色彩的藝術建築天才，孤獨地離開了。

不知道為什麼，那個同樣有著藍眼睛，老是一個人獨自巡視他所有店面與工作室的品牌大老闆，讓我想起高第。也許是他那總是與高采烈地介紹他那成千上百的設計時的熱情，和他說到他的下一代都不了解他的理想時的落寞，讓我不由得將他跟高第的故事連結了起來，當他陪著我在坡昂區行走，一路走到畢卡索的美術館前時，我真的一時有想留下來的衝動，留在這個城市，繼續我中斷了的設計師之夢。我可以想像自己在他這間離畢卡索美術館只有幾步路的天花板挑高工作室埋頭挑色卡的自己。

可是，一切都這麼美，這麼好，我可以戴上翅膀飛，籠子門打開，我卻飛不了了，一切都有點晚了。

在Park Guell人群總是很多，我守著，耐心守著，只想要拍一張沒有遊人蹤影的變色龍。我想要擁有那麼一秒鐘，是完完全全屬於我的變色龍。可是變色龍很忙，於是，我一直守，一直守，然後，終於有那麼一刻，他得閒了。我俐落按下相機快門，那一刻，我擁有他了，我滿足地離去。

漫步走下山坡的時候，我跟小販買了兩隻一大一小彩色瓷磚變色龍，是一對情侶檔。我細心地將他們分別用毛衣和圍巾圍起來，就深怕他們互相碰撞，壞了，破了。

途中，我停下來在公園裡的咖啡屋喝一杯café con leche，習慣性地抬頭看天，天空中沒有老鷹的身影。

我卻看見青鳥，一隻先飛過去了，不一會兒，另一隻也飛過去了，他們嘴上都銜著樹枝，我追著他們的身影，看到他們在我左上方的樹上忙碌地築著巢。兩隻一模一樣的青鳥，一身的青，只有尾巴，漸漸漸漸帶著一抹紅。

「幸福，果然還是不能一個人呀！」我抬著頭望著青鳥，低聲對自己說。

我呆坐了不知道多久，喝了兩杯café con leche，吃了一顆橘子，一顆西洋梨，一小碟西班牙火腿，一小瓶水，在天黑之前，我往大海的方向慢慢走下山，心中浮現了我此行來追尋的答案。

返回旅館的路程不算近，走了幾乎一天的我有些累，於是我繞去Plaza del Sol

的露天咖啡座，喝一杯熱巧克力。天黑了，停下步伐的我感覺到些微涼意。我想從包包裡掏出圍巾，正要圍上時，赫然驚覺不妙，我之前小心翼翼包裹住的變色龍情侶已經「咚！咚！」兩聲墜落地面，肚子都翻了上來了！我趕緊將他們撿了起來，好好檢查，「幸好，都沒有斷。」我鬆了一口氣，「真是的，還提醒自己要特別小心，結果卻出了這樣的意外！」我一邊喝著香濃、甜蜜、熱情的熱巧克力，一邊在心裡懊惱地責備自己。

當我喝完熱巧克力，正要收拾東西回家時，我仔細一瞧，才發現兩隻變色龍都斷了腿，一隻斷了右前腿，一隻斷了右後腿，不明顯，不用心看不見，我深深深深嘆了一口氣，哇哇哇哇地叫了起來。

回家的時候，不知道是不是太累，爬樓梯的時候，跌了一跤，撞傷了自己的右腿，腿沒有斷，卻真的傷了，傷得還不輕，接下來的日子，我的步伐無法再那麼帥氣了。

晚上，我一邊泡澡，一邊按摩受傷了的右大腿，腦海裡不斷浮現從Park Guell那眺望下來的城市風景，一整個城市慢慢慢延展開來，然後連向接著藍天的大海。

就像那斷了足的變色龍般，如果想要擁抱住幸福，那麼我也注定要學會在愛裡斷足。過去的那段愛，我失去了的理由，也許就是我跑得太快，跑得太遠，逼得對方只能用他熊熊的怒火面對，終究灼傷了彼此的心。

這一趟的巴賽隆納之旅，我喝了一百零九杯café con leche，看了八個我想要了解的高第。我奔跑，我走路，我看風景，盡情地玩個夠。然後，我將這一整個月收集到的色彩，從口袋裡掏出來，一道一道，往天空劃出弧線，從我所在的西方，往東方劃去。

接著，收拾行李，回家。

「終於玩夠了，該回家了。」來的時候，我是帶著一顆被撕扯的心和一個沒有答案的問題。

現在春天來了，我在清晨的機場等候飛機，抬頭望著天空，天空依舊沒有老鷹，但此時我的掌心卻握著一個答案。

我只有看見，自己悄悄劃下的半道彩虹。

七道pale neon，是一道只能走一半的心橋，我走著走著，走了一半。

然後，一如以往，我擅長等待。

我等待，我等待另一隻口袋裡也有著滿滿色彩的變色龍，另一隻也懂得願意為愛斷足的變色龍，將另一半的彩虹，一道一道與我銜接劃下那剩下的一半，彎成一道弧度美好的彩虹。

19 芝麻開門。

二〇一三，四月的某一個不是星期三的晚上，台北，橋頭火鍋。

「當妳跟F先後消失台北，去了歐洲將近一個月時，我們都在猜你們是偷偷相約去旅行了！」外頭正下著大雨，蕾西是冒著雨下計程車的，她一邊走進來忙著撥去頭髮上的雨水一邊對我說。

「這倒是我做得出來的事，不過，真的沒有。F去了義大利，我則去了西班牙，我們兩個頂多只能在西班牙與義大利的邊界擊掌，或是各自站在兩個國度的土地上擁抱。」我呵呵呵地笑著，一邊在腦海中認真勾畫這個畫面，真的是一日學電影，終生無法忘情這種構思畫面的習慣。我這樣說的時候突然想起上一次跟F的擁別，瞬間紅霞飛上了我的臉，有些扭捏起來。

「真的嗎？那妳幹嘛臉紅？讓我檢查妳的護照！」蕾西還是像個警探似地不放鬆她的調查。

「喂喂，艾琳一離開，妳怎麼開始接替她那說話直爽，總是盯住人不放的性格？」我一副受不了她的口氣說。

「妳有艾琳的消息嗎？」蕾西開始關心起艾琳。

「咦？妳也沒有她的消息喔?!這個傢伙，一談起戀愛，就都沒消沒息，算了，這樣也算是好消息吧。」我一邊說，一邊將從西班牙帶回來的蛇皮粉紅帶紫色壓紋細皮帶交給蕾西，這個是一人一條，一條給我，一條給蕾西，一條給艾琳。同尺寸，同色調，完完全全相同，是的，很幼稚，可是當我喜歡一個人時，就會變得無可救藥的幼稚，BFF，Best friends forever！

「給我的？啊，謝謝！」蕾西一邊仔細欣賞，一邊跟我道謝。

我喜歡旅行的時候，寫明信片或是幫人挑禮物的那種心情，很是纏綿，就像將自己的旅程濃縮起來，然後傳給對方去感受，希望對方也感受到跟自己一樣的感動，彷彿兩人是一起旅行的心情，一種心情上的一起旅行。

「嗨！蕾西、愛瑪，妳們已經到了，不好意思，我來晚了，因為下大雨，路上塞車。」因為工作總是四處飛，好久沒有來台灣找我們的R，匆匆地走了進來。

蕾西趕緊拉了她身旁的椅子，讓R坐下。R穿著白色襯衫外搭一件深藍色的休閒式西裝外套和深藍色牛仔褲，看上去有一股瀟脫的帥勁。

「歡迎回國，真的真的好久不見你了。」我對R說，今天就是他說想吃麻辣鍋，於是我便訂了餐廳，約了人，這家火鍋店很難訂到位子，總是要提早好幾天預約，這一次我想說碰碰運氣訂訂看，沒想到，很幸運地剛好有人取消了一個七點的位子，於是，我們終於可以吃到林志玲也喜歡吃的麻辣火鍋。

「R，你真的很令人生氣喔，歲月在你身上是凝結的，你都沒變，再忙再累，還是跟多年前一個樣。」蕾西輕輕地拍著R的右肩膀哇哇地叫了起來，蕾西真的很久沒有見到R了，她的臉上滿是驚訝。

「妳的話我就當作是讚美囉！」R一如往常，很斯文優雅地說。

「當然，當然。」我跟蕾西異口同聲地說，一起如雙胞胎般用力點點頭。

寒暄完後，我們開始認真研究起菜單來，點火鍋這種事，就跟挑情人一樣，嚴肅，一點也閃失不得。

我非常喜歡跟親密的朋友一起慢慢吃火鍋，吃火鍋的時候，一個人下火鍋料的方式、速度、選擇，在在流露出他隱藏的內心，我一直認為吃火鍋是一起在餐桌上不脫衣服的泡溫泉（熱泉？），衣服雖然都穿得好好不脫的，可是，舉箸與下箸之間，就將所有的心事想法全部攤開，也許是因為這個奇怪的想法，我從來只跟自己很喜歡、很親密的人一起共食火鍋，所以說，如果有人常常跟我一起吃火鍋，表示我很喜歡這個人，很信任這個人。

「先跟妳們說，我不吃蔥，也不吃蒜。」R趕緊說，就怕我們點了菜單上的蒜白和蔥白。R有些忌口和挑嘴，他不喜歡吃的東西，總是先說了，也不給我們點，因為他看了真的會有點不舒服，R只有對他親密的人才會這樣直接，如果是在他不想得罪的人面前，他就算忍住噁心，也會將別人夾到他碗裡的蔥或蒜硬著頭皮吃掉。我親眼看過那個畫面，十分不敢相信，但是也十分佩服。當R很直率地對我們說出他不喜歡吃的東西時，我低下頭偷偷笑了，我很慶幸，他是將我跟蕾西劃在他可以輕鬆任性的小圈圈內的。

「喝這個，這個是義大利的Moscato，味道很清爽，你們一定會喜歡。」蕾西一邊從包包中翻出一瓶仍然有些冰涼的Moscato，一邊說。

「這才叫人生嘛。對了，F怎麼還沒來？」我看窗外有些疑惑地問，然後掏出iPhone 4S撥打起F的號碼。

「喂喂，我們都到了耶！你現在在哪裡？」我劈頭就急著問。

「剛剛下了高速公路，十五分鐘後到。」F簡單地回答，就掛了電話，因為正在專心開車的關係。

R看我掛斷電話，便問：「愛瑪妳好像不挑食，從來沒有聽過妳有什麼不吃的東西。」

「出門在外，就什麼都吃，出來跟喜歡的人見面就只是想要開心而已，一點麻煩都不想找。說到挑食，蕾西也不挑食喔，我也沒有聽過她有什麼東西不吃。」我有時候會不習慣人家將話題擺在我身上，就會試圖轉移對方的注意力。

「哦，我很單純，就是不挑食。」蕾西很帥氣地說。

「不只不挑食，還很會吃，吃很多！」我哈哈地笑了說。

「在我看來，愛瑪妳的不挑食感覺不太真實，好像是害怕自己一露出挑食的一面就會被討厭的樣子，感覺妳是抱著這樣的心情來跟我們吃飯，總讓我們覺得被妳隔離在外了。」R突然這樣發言，讓我聽了心頭一震，正要回些什麼的時候，就看見穿著黑色Polo衫的F推門走了進來。

「F來了！」R很紳士的站起來迎接遲來的F。兩個氣質優雅、打扮得體的成熟男子站在一起，真是一幅美好的畫面。

這是F跟R第一次見面，磁場相吸的他們立刻聊了開來，沒什麼具體的理由，我直覺他們會喜歡對方就像我喜歡他們兩個一樣。我單純地想，除了哥哥外，最貼近我的這兩個人一定也會喜歡彼此。而事實也證明了我的想法，這大概就是所謂的物以類聚吧！

雨停了的時候，愉快地吃完了一鍋道地又麻又辣的火鍋的我們帶著滿足走出了火鍋店，到隔壁續攤吃Gelato（義式冰淇淋）。

吃完Gelato，夜未央，我們都還興致高昂，不想回家，人生中難得有幾個這樣的夜晚，即便你累了，倦了，卻還不想回家。

我們一起到F位在山腰的工作室。

若說一個女孩的衣櫥是她所有的心事，一個男人的工作室就是他所有的思索。

「你的品味遠遠大於你的實際年齡。」我進了工作室的門後，迫不及待地將所有的東西看過一遍，忍不住脫口而出說。

「Oops!這是讚美喔！」我心情一放鬆，就會脫口說出心中浮現的第一個想法，有時候話都說出口了，才開始擔心自己會不會說錯話。

F笑著看著我，什麼話都沒說。

記得小時候，我常常去爸爸的一個古董商朋友的工作室看古董。沒有女兒的他對我很親切，很有耐心，總是花上一個早上或是下午，趁著沒有客人上門的時候，教我家具的材質，像是木頭、象牙、貝母、河珠等等的專業知識。那些童年的經歷對我來說，就像愛麗絲夢遊仙境，我總是睜大了眼睛將所有迷人的、精緻的、美麗的事物一一收納。有時候，他會突然給我來個隨堂考，抽考我他說過的所有講解，我總是可以很爭氣地將標準答案一一說出。那個時候，自己的心，就像一面鼓，被撼動了，發出了繚繞的樂音。

那道大門，對我來說，是道時光門，我走進去，就到了不同的時空。

多年後，我因為熱烈的興趣嚮往努力去追尋，終於成了珠寶設計師和鑑定師，不知道跟小時候那被開啟的心門是不是有點關係。

後來，有一年夏天，我沿著熟悉的路徑走回去時，那工作室的大門卻深鎖著，輾轉聽說，古董商搬走了，遷居北上。我記得那是個陽光熱辣的午後，我佇立在大門前，心中酸酸的，不知是什麼滋味，「怎麼一個再見也沒有？」心中滿是這樣的念頭。右手緊緊握著自己從歐洲跳蚤市場尋回來要給他的和闐古玉石，握得那樣緊，汗都濕了我的手心，彷佛手中的汗是感情線哭泣流下的淚。

時間靜止了，我一步也走不開，倔強地等著那扇門打開，我無聲呼喚，甚至對宇宙祈求，可是卻收不到任何回應。那心情酸的、澀的，像春天剛剛摘下的青梅子。凋落的，是我還未綻放的青澀戀情。

那一夜，我們走進F如鸚鵡螺層層旋轉的密室裡，環繞的巴哈樂音中，我們共飲了一瓶帶著西班牙陽光的紅葡萄酒。夜更深了的時候，我們都喝起了single malt whisky。

這一次我們都不約而同地on the rock。

喝完一杯咖啡，巴哈先休息了，巴黎風情的香頌來了。

我聽著聽著，從原本舒服坐在R身邊的沙發站起來，輕輕地移動到單人沙發，就在F的正對面。

那一晚，聊得十分愉快的大家都不知道，童年的那一天，我在太陽下久久立著，等候著的古董店工作室大門，悄悄地開了。

「芝麻開門！」我對自己說。

20 To jump or not to jump, that is the question.

二〇一三，四月下旬的某一天，下午兩點半，Zabu Cafe。

「B跟我說，不要只是試著去相信愛的永恆，是要打從內心相信，那麼妳才會擁有它，這是我的新功課喔，有時候我真的懷疑，我是不是聽得懂他說的英文……」蕾西說著，臉上浮現出苦惱的表情。

「我好像從來沒有懷疑過這個的存在呢，我想，我們兩個都有病，妳是太不羅曼蒂克，我是時時刻刻都太羅曼蒂克。」我說著，深深地吐了一口氣。

今天一整天我都不必端咖啡。我來，單純地只是想跟蕾西輕鬆地說說話。

「那麼，我有進步了，對不對？我有比較羅曼蒂克了，對不對？」蕾西神情有些緊張地向我確認。

「是的，有的。妳整天滿腦子想著那個天天算著你們相戀幾分幾秒的戀人，不羅曼蒂克也說不過去吧！不論妳天生免疫力有多強，愛情這東西，是隨時在變種變強的、永遠無法免疫的流行性感冒，妳遲早會被B傳染的，再說，妳從來沒有真正生過這種病，一病起來會要人命！」我喝了一口還燙著的熱拿鐵，有點幸災樂禍地說。

「跟他在一起很快樂，我沒有什麼好抱怨的，這是一種全新的經歷，有時候我真的好奇，這個fever可以last多久。」蕾西說完也喝了一口熱爪哇。

「擁有一秒，算一秒，就像煙火，有一秒的燦爛，就是永恆。」我又開始鬼扯，說完，我自己都有些不好意思。

「愛瑪，我突然發現妳有些孤僻的性格也是好的，不然應該是很麻煩的吧！」蕾西又來了她的一句「智慧之語」。

「是吧？因為太敏感，太容易感動，所以不知不覺變得有點『濫情』是吧？就是跟每個對自已好的人都好起來，糊裡糊塗地亂了界限，等別人來追討該給的真心和承諾時，反倒夾著尾巴逃走了，因為怕給不起、還不起，明明就是自已起得頭，卻承擔不起感情的回應。等到發現錯誤的時候，常常已經是來不及挽回的局面了。」我思索了兩分鐘後這樣說了，這個道理我懂得的很晚，是最近才恍然大悟。

「喔？那晚我跟F的話，妳真的聽進去了？有反省了？妳這個糊裡糊塗犯下很多錯的傢伙，可惡的程度不輸存心不良的花花公子！妳對男人都太過溫柔，很容易讓人產生錯覺，我覺得愛瑪妳是個只能曖昧卻給不了承諾的人，明明是個溫柔的女孩，卻不斷地傷害了真心對待妳的人。如果給不起，是不是一開始就一點溫柔也不要給？」蕾西眼睛一亮抓住了我說的話的尾巴說著。

「可是我覺得很不公平的是，明明是妳跟F比較受歡迎，為什麼我就活該被你們兩個說?!難道你們兩個的溫柔就不氾濫？」趁F不在，蕾西落單，我試著扳回一城。

「因為妳很蹩腳，就這樣!!我們兩個對情人跟朋友的態度是截然不同的，很容易就能發現兩者的差別。但妳的感情完全讓人霧裡看花，貌似每個都有可能，可是到頭來卻都一場空。」蕾西很酷地說。

「明明妳的戀史比我風光，為什麼被說濫情的卻是我？」我還是不死心。

「我跟妳的差別在於，一旦我戀愛了，就會負責到底。而妳有太多莫名其妙，不明不白，曖昧來曖昧去的藍顏知己，妳又呆得不會處理微妙的界限，自然就製造一大堆一大堆的麻煩！妳這樣下去是不行的，明明是個心眼不壞的女生，卻一直不覺地做出一些很傷人的事，就結果論來說，就是妳不對！以上，不准再反駁了。」

蕾西說完，雙手一拍，有一種「定案」的氣魄。

「那麼，大師，請妳教我如何劃分愛與喜歡？」我突然想捉弄蕾西，只要提到有關「羅曼蒂克」的事，她聰明的腦袋就會馬上當機。

「先跳上床再說!!跟他有肌膚之親的就是情人，想跟他有肌膚之親的就有情人的可能。」蕾西哈哈大笑地說，一點遲疑也沒有。

「妳!!!是開玩笑的吧?!」我說著不由得臉微微發燙。這個蕾西畢竟在開放的荷蘭生活過多年，有關於這種「跳上床」的事，對她來說，就像吃便當一樣簡單。

「誰跟妳開玩笑?!這段時間，艾琳不在台北，妳常常跟我回家一起睡覺，我們兩個晚上在床上邊抬腿邊聊天時，我給妳的『特訓』妳這個豬腦袋都忘了?!」蕾西突然激動起來，說著說著站起來一副想要敲我頭的樣子。

「有有有！那個我記得，我記得，我只是不好意思想起來！蕾西妳是個先跳上床再來思考『羅曼蒂克』的人！」我趕緊回答，就怕蕾西真的K下來。蕾西相信愛情是要用身體的溫度去「確認」的。那是唯一將愛情與曖昧好感劃分開來的方式。跳上床之後，唯一的差別就是「愛」與「不愛」，妳的身體會很誠實地告訴妳。

「這不表示我不懂愛，對不對？」蕾西突然有點擔心地問。

「在B之前的那一段，妳不就是愛慘了嗎？看妳當時愁雲慘霧的，一點都不『蕾西』了。」我回想起當時愛得慘兮兮的蕾西說。

「是不是愛就是要讓人感到慘兮兮才叫愛？」蕾西突發奇想。

「應該是說，如果失去那個人就會感到慘兮兮才叫愛吧？」我思索了一下，很認真回答，沒有半點開玩笑的意味。

「總覺得在感到慘兮兮前，要先jump才對。先jump了，才能知道到底愛或不愛，身體切不切合呀。對我來說，身體上的喜歡才會導向愛這個結論，有了愛，才會產生失去對方就會慘兮兮的想法。對，我的愛情邏輯就是這樣！話說回來，妳跟A到底有沒有jump？」蕾西說。

「啥米？上床嗎？沒有喔！真的沒有。」我趕緊澄清。

「見鬼了！妳這談的什麼戀愛？那妳跟F呢？你們兩個的火花閃得台北的夜空都亮了。」。蕾西一副很不可思議地說。

「有嗎？我還以為我們很低調，不像妳一談起戀愛就放起了滿城的鞭炮。」

「所以說，到底有沒有？我覺得有！」

「jump的話是真的沒有，其他的倒是有。」

「我就說吧！你們兩個在一起時，總有一種祕而不宣的氛圍。妳自以為很低調，我們這些旁觀者可是看得很清楚。」

「妳覺得艾琳呢？艾琳也會先jump嗎？」蕾西拍了一下手，有點賊兮兮地說，這是我們三個不成文的規定，若聚會時有一個人缺席不到，就會理所當然地被點出來八卦。

「如果是以法式高級料理的上餐順序來說，妳是餐前酒，艾琳是前菜，我是主餐後才上的甜點，這裡面的主餐就是整個愛情的確認。」我以嚴肅的態度說。

「如果以前聽到妳說這話我真的會昏倒。不過，去過妳在山上的老家後，我漸漸可以了解妳腦袋裡裝的不同於一般人的思想。」蕾西呼了一口氣說。

「有時候，我也很驚訝自己沒有被抓去纏小腳，心情上的纏小腳。」停頓了半晌，我以一種複雜的心情說。

「以愛瑪的腦子來活，肯定會很累，妳的記憶力又是見鬼了的好，是個明明不想犯錯，卻總是難逃犯下大錯苦果的可憐傢伙，所以我看妳一直逃，不累嗎？是不想負責、還是不會負責？我總覺得，妳的戀愛裡，對方跟妳都很可憐，妳很有把愛情變悲慘的能力耶！對了，這可不是一種讚美哦！」蕾西擺擺手，一副很受不了的樣子。

「好像是忍不住會書寫出悲傷的情節……話說回來，妳是以什麼樣的心情去jump的？」我突然看著蕾西問。

「欲望。」蕾西回答得很乾脆，沒有半點扭捏。

「我有跟妳說過，我很羨慕妳嗎？」我睜大了眼說。

「有喔。不過我不介意多聽幾遍，妳可以附上理由嗎？」蕾西很是開心，彷彿得到了皇冠。

「因為，妳知道如何當個女人。」我很快丟出答案。

「妳是說，我很像《Sex and the city》裡那個叫莎曼莎的角色嗎？」蕾西有些困惑地問。

「正確來說，是像她的爽朗豪放！不過，妳是亞洲版，沒有那麼驚世駭俗。至少妳沒有嚇死我。」我有些促狹地對蕾西說。

「對對對！對妳來說，我是限制級的，妳總是演出那種不溫不火、急死人的純情派，頂多是個輔導級，最近又神祕兮兮地演成了推理懸疑劇，妳不累，我看得都累了，有時候我真懷念艾琳那種愛來愛去，哭來哭去，恨來恨去，氣來氣去，很乾脆、一點都不囉唆的灑狗血八點檔愛情連續劇！」蕾西拍了拍我的頭說。

「妳不可以要求千層糕變成餅乾。」我辯不過蕾西，只好又開始鬼扯起來了。

「那請問千層糕小姐，我又是什麼？」蕾西很有興趣地問。

「炸彈麵包！」我笑出來說。

「為什麼？」蕾西想不通地問。

「Watch out! It might blow up!」我哈哈大笑起來。

「能夠跟妳談戀愛的人大概也不是平常人吧。」蕾西嘆了一口氣，然後也跟著哈哈大笑起來了。

「有喔，會有那種人的，到時候我也要跟妳一樣很有氣魄地jump。」我說完，止不住哈哈大笑。

下午時分，我們坐在窗邊，一起望著窗外的風景，不只我們的身體挨得很近，心也挨得很近。

逆光中，我穿著黑色turtle neck，無袖羊毛衣的背上寫著「鬼」，蕾西穿著正紅色斜肩毛衣的背上寫著「扯」，在那遙遠的南半球，不知道穿著什麼夏季服裝的艾琳背上，我跟蕾西一起幫她寫上「蛋」。

要有多少相知才能一起寫下這三個字？

「我知道的喔！我總是凝視著妳，所以我知道妳總是凝視哪裡。」蕾西正色對著我說道。

「我知道妳知道，因為我也總是回望著妳，所以我知道妳在看著我。」望著蕾西，我也正色以對。

陽光斜了。蕾西坐在右邊，我坐在左邊，我們輕輕扶著彼此的腰，同時都有了幸福的預感。

望進四月台北春天的，是兩張帶著微微羞澀笑意的臉。那種笑，是專屬於戀愛中的女人的。

「妳大概是那種如果無法確定可以讓對方幸福，就會不顧一切黯然離去的笨蛋吧。」蕾西突然說，口氣裡有些憐惜。

「如果不這樣做的話，會令人受不了。眼睜睜地看著兩人的愛意日漸在痛苦中消磨，十分十分殘忍。有時候，會忍不住恨，恨自己，恨對方，為什麼無法讓這段愛情繼續甜美下去。」我低下頭搜索了回憶後小小聲回答。

「所以這就是妳的解答？分手的解答？愛情無法繼續的解答？」蕾西一連串丟出了好幾個問題。

「這是我簡單的腦袋可以想出來的簡單方法，很白癡嗎？」我有些不好意思地說。

「是很白癡，不過，很有妳的風格，有些可愛的白癡。那晚，我和F跟妳說的，妳聽明白了？妳再逃下去，妳不累我都累了！」蕾西很有氣勢地說。

「聽明白了，彷彿被雷打到的烏龜般，十分明白。妳知道嗎？聽說，如果有誰被烏龜咬住，烏龜就會很頑固地不鬆口了，只有等到打雷時，才會張口鬆開。」我點點頭說。

「妳這個呆子！如果艾琳在這裡，她也會罵妳呆子。」蕾西忍不住笑出來。

「哦，妳在想念老是跟妳鬥嘴的艾琳啦！」我以一種發現大祕密般的神情說。

夕陽下，我發現蕾西的臉微微紅了。

也許是我們都是很用力去愛的人，一旦愛上了誰，就會空出一些心裡的空間去容納對情人更多更多的愛。也因此我們比誰都明白，我們一邊愛，一邊也失去了現在正擁有的什麼，於是變得更珍惜，就像看著世界上最後一個落日般，那樣甜，那樣美，卻是莫名的心酸。艾琳去了南方，蕾西正要往北，我這個兩人中心的軸，也悄悄將指南針握在手心。就像任何一部連續劇，當第一集上演了，終有一天會有完結，不管妳喜不喜歡，願不願意。那一刻，就像假日結束後的第一個工作天早晨調好的鬧鐘，總是很煞風景地擾人好夢。

蕾西，是個如《紅樓夢》裡薛寶釵的角色，而我很不幸地只能扮演那總是傷春悲秋，含淚葬花的林黛玉。

在古老的那部《紅樓夢》裡，薛寶釵與林黛玉是如此不同，甚至有些敵對。然而，在我眼中現在正在上演的《紅樓夢》裡，薛寶釵試著學林黛玉溫柔葬花，林黛玉試著學薛寶釵敢愛敢恨，敢說敢做。她們如此不同，卻成了總是在彼此踩空了步子就要跌跤時，及時扶一把的支柱。

人的一生中，一定至少要有一個可以跟妳無厘頭地一搭一唱連成一個對話的人，感覺是廢話，其實都是最不矯飾的真心話，如果妳擁有了這樣一個朋友或情人，妳便失去說自己是貧窮的人的資格。

因為那是世界上最難追求，最難發現，最為奢侈的擁有。

「對了，我那天看到一隻白孔雀！」我突然打破寂靜說。

夕陽下山了，夜色悄悄籠罩。

「?! 我可以問這句話又是怎麼突然冒出來的嗎？」正掏出iPhone 5的蕾西一頭霧水地問。

「聽說，看見白孔雀會帶來好運，我看見了，告訴妳，將好運分妳一半，讓妳帶去舊金山。」我不理會蕾西的疑問，自顧自地說了起來。

「我現在才發覺，羅曼蒂克是會傳染的。」蕾西拍了我的右肩膀好幾下，眼角泛著不知道是星星或是淚的光。

「比花花公子還差勁是吧？」我望進台北春天的夜色裡，輕輕地嘆了一口只有自己可以察覺的氣。我希望自己可以把所有背負的愛情回憶都清空，然後跟自己說：「去愛吧，就像妳從未受傷過那樣。」那時我也許就可以坦然面對總是將我看穿的F，也許我就真的可以抓住幸福。我多麼希望我可以抬起頭將乾淨無愧的靈魂交給他那清澈的雙瞳。

21 It's so you!

二〇一三，四月底的某一天，台中新社山上，晚上十點。

「怎麼突然回到老家了，貍貓？」艾琳從line那邊傳來她的疑問。

「回來過生日，突然很想念我媽媽，後天就北上。」我飛快回傳。

「跟妳說喔，有點不妙。」

「妳談戀愛時，總是會出現不妙的時候。」

「我懷孕了。」

「什麼鬼?!」

「D跟妳的反應一模一樣。」

「因為他的反應，所以才不妙，是吧？妳騙我們，妳根本沒有懷孕！」

「我們好歹是在愛丁堡一起荒唐過來的，對於避孕，可是清楚地幾乎沒有一點意外懷孕的可能。」

「所以到底有沒有？」

「沒有啦，呆子。」

「那妳沒事發什麼神經，嚇死我們又沒有獎品拿！」

「想看看D對我的進度，感情的進度。」

「妳是在打開潘朵拉的盒子。」

「愛情讓人變笨。」

「妳到底想幹嘛？」

「不是他死就是我活……」

「?!究竟發生什麼事了？」

「我受不了他那些鶯鶯燕燕的模特兒同伴，跟他們在一起，感覺好像在看芭比娃娃電影版。」

「可是妳認識他時，他就是這樣，二十二歲，總是呼朋引伴，異性緣極佳，是個『肯尼』（芭比的男友）。」

「戀愛中的人總是傻得以為愛情會使人改變，我就變了，為他變得徹底。」

「期效只有兩年。」

「什麼意思？」

「聽說使人暈頭暈腦的『愛情賀爾蒙』期效只有兩年。期效一過，頓時恢復正常。就像鏡頭去了柔焦鏡，人的毛細孔、皺紋、黑斑、痘痘，通通現形。妳的肯尼立刻變成沒有修片的『啃泥』。」

「難怪，真的不妙。」

「這似乎說明了為何妳幾乎都是每兩年換一個男友，就像喬治克魯尼一樣。」

「那加點防腐劑如何？」

「有些男人好像天生缺乏解藥。再說，也許沒有解藥的是妳。」

「那個暈真的在消退的感覺！我第一眼看見在台上談吉他的D時，一陣天旋地轉！」

「It's so you!」

「所以我才跟他說，我懷孕了嘛。」

「只為嚇退他？」

「想確認他真的是個還沒長大的孩子，要等他定下來，我可能要等到開始吃『維骨力』。」

「那麼妳回來嗎？要分手嗎？」

「已經分手了，但我不回去。」

「妳總是快狠準。不回來是愛上澳洲了？」

「是要當媽媽。」

「不是說沒懷孕嗎？我都被妳搞暈了！這種暈，可不是『愛情賀爾蒙』的暈。」

「我是真的沒有結過婚，可是沒說我沒有懷過孕！」

「啥米?!」

「我之前為他搬來澳洲多年的男友，我為他生了一個小孩，目前由他跟他前妻一起照顧。」

「不懂？」

「他的前妻不孕，他愛我也愛她。我們很詭異地三人行很快樂，直到有一天，我意外懷孕，生下小孩後，整個就失去平衡，大家都陷入瘋狂與痛苦。於是我逃離雪梨，去了曼谷。」

「女孩？」

「女孩。」

「現在情勢變了？」

「看著D，我突然發現自己當年很幼稚，是我不對。」

「新家庭計畫？」

「是的，舊模式，只是多了一個寶貝。」

「幾歲了？」

「三歲多快滿四歲。」

「驚魂未定。」

「換我說的話，人生沒有那麼清醒過。」

「還是雪梨，只是換個家，回頭找舊情人，當個媽媽？然後就兩個媽媽一個爸爸一個寶貝，組成一個幸福家庭？」

「給我祝福！」

「給妳，我知道妳會是個好媽媽。」

「o(^_^)o」

「o(^_^)o」

「抱抱。」

「抱抱。」

「我有獎品可以領了。」

「？」

「以上都是亂說的，騙妳的。」

「心情有那麼差？」

「整個信心崩盤。」
「坎坷？」
「忌妒使人瘋狂。」
「願聞其詳。」
「大概是生日快到了，希望自己永遠二十一歲。」
「不可以嗎？」
「好像越來越沒辦法了。」
「可以想像沒有他的生活嗎？」
「那我先戒煙好了。」
「戒了就能不想他？」
「是的，戒了就分手，或結婚。」
「跟誰結婚？」
「澳洲那個前男友，D跟芭比們出去玩，我一生氣就跟他連絡。」
「搞不好先劈腿的是妳，D只是跟她們玩在一塊。」
「不要跟瘋狂的女人講道理，一段感情終要結束，不必太計較過程，總要有人當壞人。」

「所以，妳想生小孩了？」

「是的，當時騙D我懷孕了，也不是沒有一點真心希望他感到高興。」

「先戒煙再說，一邊戒一邊想，妳想跟前男友復合，是因為還愛他，還是只是生氣D。」

「我已經七天沒抽煙了，今天只是想跟妳說說自己混亂的心情。那個快樂巴士，我先下車了，在真正痛苦以前，忌妒已經讓我變得好醜陋。」

「生命短到我們不該讓自己和別人受折磨。」

「D讓我覺得想當個負責任的大人，這是這段感情的分手禮物，想當一個更好的人。有人比妳瘋狂時，妳就不瘋了。」

「愛情的力量真驚人。」

「妳可以想像不抽煙的艾琳嗎？」

「我寧願想像幸福的艾琳。」

「總不能餐餐麻辣鍋吧，我喜歡我現在的酸菜白肉鍋。」

「The end of an era.」

「Indeed.」

真正在愛情裡瘋狂過的人，一旦下定決心，定力驚人。就像海明威寫的《老人與海》，如果老人倖存了，那令人記憶鮮明的海浪，將永遠不會被遺忘。

在愛情海裡的瘋狗浪下平安返回的sailor，知道什麼是纏綿而永遠的愛意。

「原來妳在追求什麼叫失去誰就慘兮兮的戀情啊！那種就叫做感情！」剛剛滿七十歲、年紀輕輕就相親結婚的媽媽，聽我說完所謂「談戀愛」這件事後說。

「沒有愛而共度一生的兩個人，對我來說，就像因為學號相連而排在同一天的值日生。」我很認真告訴這個老是沒有耐心一集一集收看，想要偷翻我稿子看結局的媽媽。

那一晚，我剛剛滿三十五歲，我請媽媽喝了咖啡，吃了蛋糕，泡了溫泉。然後，雪梨呼叫了我。雪梨告訴我，她準備好當個媽媽。我低下頭，胸口被艾琳總是充沛的生命力熱得暖暖的。

每一個生命的誕生，都該被祝福。

22 逆轉的邏輯。

二〇一三，五月的某一天，中午十二點三十五分，台北天母Sogo鼎泰豐。

「有些東西是值得等待和排隊的，好比愛情。」穿著鮮綠色愛迪達上衣，正坐在我對面吃著小籠包的R對我說。

「你跟他復合了吧，這是為什麼你最近常常飛台灣。」我一邊吃涼拌苦瓜，一邊說。

「跟妳說話很輕鬆，好像都不必『前情提要』。妳兩三下就把故事連結好了。」R把嘴巴裡的小籠包吞了下去。

「只有對自己在乎的人才會這樣。」我一邊說，一邊偷看隔壁桌點的牛肉麵。

「當Emerald飛失了的時候，我的心臟都快停了，很害怕再也看不到她了。」R說著說著忍不住皺起眉。

「Emerald是他送你的嗎？」我一邊說一邊夾起我的第一個小籠包。

「是跟他分手後，當時心整個被掏空，很想把愛給誰，於是養了她。」R停下筷子正色地說。

「然後呢？」我問，也跟著停下筷子，感覺出他正要說出什麼重要的話語。

「是Emerald重新教會我愛。她快樂就是快樂，如果她愛你，她就會毫不吝惜地表現出來，完全沒有什麼面子啦，驕傲啦這些很麻煩的東西。所以我也學會放下了這些麻煩的東西。」R用他很標準的國語說。

很奇怪，R的聲音總是不自覺地流露一種誠懇。

「現在你們盡棄前嫌了？」我將剛剛上桌的酸辣湯盛一小碗遞給了R。

「有時候，也許是感情太順利，會忍不住找對方麻煩？」R一邊用食指在桌上點幾下道謝（港式道謝法，不必言語對方即可意會），一邊說。

「也是，你們分分合合這麼多年，我認識你有多久，你們就在一起多久了。」我在心中暗暗算起數字說。

「妳知道蕾西的事嗎？」R突然說。

「哪一件事？」我問。蕾西的事我幾乎都知道，我心想。

「也許是太沉重了，她不敢跟妳說，她昨晚跟我line的時候對我說了。」R還是沒有說出事情，一直在兜圈子。

「嗯？」蕾西有時候會這樣，一旦遇到事態嚴重的事時，反而不敢說。

「……B的前妻鬧上門了，好像是跟她現在男友處得不愉快，半夜裡跑來B的家裡鬧著說要自殺！」R一口氣說出來，看起來是花了點勇氣，R很感性，他的喜怒哀樂總是很濃縮。

「那麼小孩呢？」我突然想到B有個五歲的女兒。

「聽說是一路哭著來的，後來B讓蕾西先帶她去海邊散步。」R嘆了一口氣，R對小孩總是很溫柔，很細心，很耐心。

「感情的結束，好像都有一方會不甘心，會來催討。」我陷入回憶裡說。

「妳知道嗎？昨晚聽到蕾西那樣說時，我突然想好好對待我的他，因為我突然發現我好像從來都沒有站在他的立場替他想過，一直胡鬧著，只是因為自己的不安。」R一邊將小籠包夾到我的碗裡，一邊說。

「抽離自己的角色，試著去看看別人的喜怒哀樂嗎？」我一邊吃著小籠包，一邊試著抓住R的思緒。

「大概是那樣的心情吧。」R優雅點點頭，彷彿突然有了胃口。

是這樣的，有時候我們必須將自己心中的困擾疑惑丟出來給信任的某個人，然後我們才能得到解答與解脫。

「所以我該站在對方的角度來看看這段感情中的自己嗎？」我想了想說。

「這些年下來，妳總是如此，妳的眼光不知道看向何處，越愛妳的人在妳的身邊只會越感到寂寞，妳感覺很容易被靠近，卻最不容易為誰停留。」R有著思慮的眼神收了回來說。

「蕾西跟我說過類似的話。她跟我很不一樣，她很勇敢，遇到再大的問題，也能冷靜解決，是一個負責任的人，她總會先把問題釐清，設想最糟的情況，所以她的人生裡沒有『沒想到』這件事。可是我的人生卻常常是慢半拍，總是一堆『沒想到』。」我在腦海中順了順情緒說。

「她這方面的思慮有點像妳另一個朋友。妳應該知道我指誰。」R若有所思地說。

「嗯，我現在也有同樣的想法。」我點點頭，腦海立即浮現了一張熟悉的臉孔。雖然跟F只有幾面之緣，一向觀察人入微的R卻很喜歡F，他說F是最懂得愛情的人，像一首唐詩，短短的幾句話，只有用心才能體會其中的韻味。

「說到相似，妳跟我也很像吧，我們都很羅曼蒂克，很愛胡亂闖，有時候，這樣的性格是會招惹麻煩的。」R看看菜單又加點了鮮蝦蒸餃。

「R，你說的每一句話都直入我心裡最深處，就好像你總是可以看見我心裡那個很亂的抽屜。」我說。

「吃完，我們去Zabu Cafe喝熱拿鐵，我聽說妳已經好久都不幫人算塔羅了，今天可以為我破例嗎？」R拍了一下手說。

「好！第九十九！」我很乾脆地說。

「什麼？」R不解地問。

「祕密。」我終於笑了出來。

下午四點三十五分，Zabu Cafe。

吃完小籠包後，外面陽光依舊很烈，我們逛了一會兒百貨公司後，才緩緩地走上往Zabu的山坡。

「熱拿鐵兩杯，謝謝。」我跟一點也不忙碌、正在挑CD的老闆說。

R挑了我跟蕾西、艾琳常常坐的靠窗位子，他挑了右邊的位子，示意我坐在他的左邊。

「等咖啡喝完，安靜一下，你專心想一下你的問題，我就幫你算塔羅。」我莫名地有點興奮，因為這是我第九十九次幫人算塔羅，說著說著，臉都紅了起來。

「來，給妳。」R遞給我一張不新不舊，他仔細攤平了的紅色百圓鈔。

「好，收下了，謝謝。」我呵呵地笑著，很開心。

我走回吧台，等老闆將熱拿鐵煮好，R一個人坐在窗邊，望著窗外的風景，陽光有點斜了，我不必看手錶也知道現在大概是下午四點四十五分。

「好了，抽一張。」我洗好牌，對已經喝完熱拿鐵，順好情緒的R說。

「這張。」R很堅定地抽了一張，將牌推向我。

我將牌翻開：教皇的正位。

「你想問的問題是？」我看著牌，開始思索。

「我想問我跟他的未來，是徹底分了，還是永遠不再分了？」R說著，眼裡漲滿疲累。

「不會再轟轟烈烈了，正如海嘯過後平靜的海岸，你們從此可以相知相守，他會低下他的頭凝視著你。」我語氣堅定，心中很慶幸這是一張我不必費心溫柔包裝解說的好牌。

「意思是說……」R還是有點不明白，正如所有來算命的人，想要更多更多的解答，來化解那迷霧般的未來。

「你們接住了彼此的靈魂，從此不會再fall。」我說，不知道為什麼想用fall來說明我腦海中浮現的畫面。

「好像流浪了很久的旅人，終於有了家。」R呼了一口氣，眼神都柔和了起來。

「好像聽到了教堂的鐘聲。」我說，嘻嘻笑著。

「妳這樣一說，彷彿我耳邊就響起了教堂的鐘聲。結婚這回事，我跟他放在心裡就好，也不需要世人的贊成了。」R跟著嘻嘻笑著說。R的愛情一路走來很是艱辛，也許就是因為這樣，他變成一個很堅強溫柔的人，愛得很有韌性。

「有時候，我會懷疑你根本是我的imagine friend，根本就不存在！」我一邊掐著自己的手，一邊說。

「We click.」R滿意點點頭。我跟R總是能心意相通，很多話不必說出口就能彼此體會。

「妳記得我們一起去沙巴沙勞越的旅行嗎？妳跟當時的情人在一起，我跟我的他在一起。我們一起開著吉普車去旅行，後來來到了世界的一端，沙巴最北的一角——Tip of Borneo，那裡好美好寧靜。妳將腳跨在最北的欄杆上，將手伸展開來大叫大笑。可是當妳將眼神望向妳的他時，眼神卻黯然失去了光彩。我可以問妳當時在想什麼嗎？」R將手交握著，用他一貫溫柔的聲調說著。

「……你的記性真好。我當時在想，這世界這樣美，他那樣成功，我們如此相愛，離塵囂這麼遠，為什麼他還是皺著眉心，還是不快樂？我突然發現自己無法跟他走下去，我無法跟他不快樂的因子一直抗戰下去，那一剎那我整個被不安擊垮了。」我說，回憶讓我收起了笑，微微皺起了眉，我伸手將自己的眉心撫平。

「就像再怎麼溫，也溫不熟了的水果，『啞巴』（台語）了！像我媽媽說的太早摘了的水果，『啞巴』了熟不了了，就該是澀的了。」我停頓了幾秒接著說。

「後來，妳就離開他了，你們的分手讓我們都很震驚。妳知道嗎？我上個月在曼谷參加一個朋友的婚禮時，遇見妳那時的情人了，他走過來跟我說話，嚇了我一大跳。」說完R喝了一口水，停頓的時間吊足了我胃口。

「……他說了什麼？」我一直沒有膽子跟舊情人說話，所以我很好奇他對R說了什麼。

「他問我，妳現在快樂嗎？」R停頓了半晌回答。

「那麼他快樂嗎？」我急著問。

「他的身邊有一個看起來很乖巧文靜，像抹影子般的女孩，看來是愛慘他了。」R這次很乾脆地回答，沒有半點猶豫。

「他的幸福好像就該是那樣。他曾經說過我是個像野貓般的女孩，我們果然是很不適合。」我想了想說。

「我跟他說，妳現在有著妳應該的快樂，然後他聽了就牽著他女伴的手離開了，整晚沒有再跟我說過一句話。」R說。

「Tip of Borneo見證了我們不應該的相愛。」我在腦海中勾勒那回憶中美得像天堂的一角說。

然後，我跟R一起陷入回憶裡，短短幾秒的沉默，卻彷彿是一個世紀的追悼。

我跟那個舊情人曾經脫離自己原本的軌道，一起私奔。可是，我們最終還是回到自己該走的道路，硬坳著的東西遲早會「啪」一聲斷成兩半。於是，在那「啪」一聲到來前，我勉強自己收回了力道，也許是種令人無法了解、諒解的溫柔，卻是我真心想出的解決方法。因為這個決定，看似俐落的我，其實也沒有少吃苦頭，自己的心也硬是吃了狠狠的一拳。

「You made the right decision.」R彷彿看穿了我的心事，輕輕地將右手放在我擱在桌上的左手上，像個充電器般傳來陣陣溫暖的電流。

「呵，來了。」R突然拍了一下自己的膝蓋站起來打破沉默說。

我突然明白他為什麼選擇坐在右邊，不用看手錶，我也知道，現在是下午五點，我低下頭，在R看不到的角度下，笑了。

「來了，讓妳整天魂不守舍等著的鼎泰豐來了。愛瑪，妳為什麼總是看不清楚妳自己的心呢？走進現在吧，不要一直活在過去。去吧，現在已經輪到了妳的號碼，不要再錯過了。」R輕輕拍著如化石般呆坐著的我的頭，有點戲謔地說，一如往常，他的捉弄總是含著很甜很甜的巧克力夾心在裡面。就像小時候，常常吃的情人糖，外面酸酸的，含著含著，就含出一口濃稠的巧克力香。

23 妳走吧！我放妳自由。

二〇一三，五月底，泰國安曼群島。

在夏天來臨以前，我臨時決定要用短暫的五天休假去旅行。而且這次的旅行，是在海上，不是在任何一塊陸地上。出發的時候，我帶了簡單的行李，大致上，有護照，防曬油，比基尼等等。我直接從台北出發飛到普吉島，然後跟朋友會合。出發的前一天我不知道為什麼緊張到睡不著，一路帶著疲累來到機場，出關時又被海關刁難，折騰了許久，等到出關時，行李已經被擺在一邊了。

「呼，好險。」這幾年的旅行，我丟過兩次行李，每次提領行李時，總是暗暗擔心，陰影不散。

按照簡訊的指示到達出口時，同行的友人都久候多時了，等我一上車，我們一行六個人就驅車直奔港口搭船，夏季的旅行總是叫人莫名開心，搭船的旅行更是讓人煩惱全消，我一邊打哈欠，一邊看著車窗外不斷變化的風景，普吉島的風，濕濕鹹鹹的，有點潮。

當我們到達港口時，我萬萬也想不到我會見著艾琳。

「妳怎麼在這裡?!」我問，真的驚訝萬分，這時艾琳不是應該在雪梨情人的懷裡？

「應該是說妳怎麼在這裡?!」艾琳促狹地回答。

艾琳說的其實沒錯，我是到很後來才決定加入這個旅行的，本來的行程安排我應該是在巴西。

「因為就突然改變行程不想去巴西了。決定的很匆促，也沒來得及跟妳說。只是真沒有想到妳也來了！那……」我說，眼光開始四處尋找。

「如果妳是在找他，他有來，在船裡面了。」艾琳指了指身後的船酷酷地回答。

「喔。」我看著不抽煙的艾琳有些不習慣。

「分手後，還是可以做朋友，我們老是玩在一起的，所有的人！」艾琳將手伸展開說。

「這段愛情可以說不曾存在過，所以沒有什麼好閃躲。」我一邊將包包裡的可樂掏出來，一罐給她，一罐給自己。

「溫了，不涼了。」艾琳接了過去皺起眉頭說。

「聊勝於無。」我說，拉開拉環喝了起來。

接著我們一一上了船，在船上，我們都化成一個個簡單的人，沒有任何頭銜與包袱，我們一個個往海中跳躍，心卻往上飛騰。

在海中，煩惱是一個個往上冒的泡泡，在海水中的自己，像是被蒸餾完了的，乾乾淨淨，單單純純，新生的像個嬰兒。

就像是將故事往回說一般，所有的感情都往後退，愛情成了友情。我們都是一群朋友，一起吃飯，一起唱歌，一起繞著船跑來跑去，在船靠岸以前，我們依然可以相愛，可以擁抱，可以不去想未來，那是一種最簡單的快樂。

有人抓起了龍蝦，鸚鵡魚及各種我叫不出名字的魚，總之就是不顧一切地將牠們吃下肚，豁達地彷彿沒有明天。

大海環繞著我們，藍天擁抱著我們。我一天天喝著難喝得要死的即溶咖啡，然後真心感謝自己還有咖啡可以喝。

有一對朋友在船上戀愛了，那是一場只因風景太美而墜入愛河，浪大地使人頭暈的戀愛，好像不去戀愛就真的浪費了這樣的美時美景，我很羨慕這對新戀人一起看落日，我看著他們相依的背影，比他們還相信他們的愛情。

就要上岸的時候，我們紛紛穿回自己的衣裳，就要各自回到自己的國度與軌道，然後戴上自己不一定喜歡的標籤。

艾琳輕輕擁抱著我，在我耳邊說：「妳走吧，我放妳自由。」她的口氣溫柔地彷彿我是一隻被困在漁網中的魚。

我又驚訝又感動地緊緊回抱著她說：「妳看穿了我。」

「妳先走吧，我等他一起回新加坡。」艾琳回頭望了望停泊了的船。

我下了岸，我看見船艙上圓形的玻璃後方，他正望著我，我回望了，他並沒有閃躲。也許他以為我看不進玻璃裡，看不見他，我們互相凝視，一秒，兩秒，三秒，很多秒過去了，我們沉默地說再見，彼此的心裡都知道這是最後一次相見了。

五天的旅行，是一場最久最美的道別，我們兩人是分別印在一張宣紙正反面上的拓印，各自留下愛的印記，卻注定一生隔離，就像是最近也是最遠的距離。

我們也許相愛過，到頭來卻發現我們只是偶然交叉的兩條線，短暫的火花之後只有越離越遠的背影。

於是，我們連朋友都不會是了，也不該是了，我們都不再是當時的我們，我們一時走錯了路，雖然意外發現了世外桃源，終究必須走出那個洞天，有那麼一剎那，我們曾經以為那條路可以通向永遠。

可是，當我們越靠近彼此卻越明白，我們是兩個永遠相接不了的泡泡，曾經相連卻怎麼也無法相接。於是當我們找到屬於自己的歸屬時，便毅然轉身，從此切斷了對彼此的情絲與眷戀。我們相遇之初，他就是屬於別人的，我也還不屬於自己，曾經愛戀的李斯特，卻是一曲彈錯音符的旋律。於是，序曲還未結束，就嘎然而止，一場愛之夢，不得不醒來。是不是我的上本書裡就預言了，蕭邦沒有來，李斯特不會留？

就故事來說，是一個很淒美的故事。就真實中的愛情來說，是一種不應該的哀愁。在風雨要打下來時，我輕輕地關上了窗。當下的動作是殘忍，可是，他卻能在不久的將來迎上幸福的鐘聲，邂逅一名頭上戴著王冠，柔情似水的公主，她是那樣的甜美溫柔，不嬌不野，不傲不蠻。

A永遠也不會知道，那一天我跟那個公主擦身而過時，已將手中原本緊緊握著的紅線交給了她。因為我知道這樣的自己，就算是被打碎了，磨成了泥，和了水，重新再被捏塑過，也成為不了他喜歡的那種模樣，給不了所謂的溫柔相對。我只是一隻豆娘，永遠成不了蝴蝶。就像下西洋棋，我跳著跳著，往前了十步，預見了我們的將來不會幸福。在相愛變成相怨以前，搶先劃下休止符。

船停靠港口，我們各自上岸。我往左，他跟艾琳往右，我們都不曾再回頭。

當我異常順利地通關登上飛往台北的班機時，我被陽光吻了的手心裡握著一張塔羅牌。

那第一百張，屬於我的塔羅牌：命運之輪，正位。

正如，所有算命的人一樣，我最不會解的就是自己的塔羅。

我望著飛機窗外不斷飛過的雲，將回憶的糖霜，一點一點撒下，當飛機降落台北時，天氣晴朗。我張開的手心，空了。

我確定了我的不應該，卻永遠確定不了我的應該。

有時候，一個人離開你，是因為她對你最溫柔。

如果，試著將自己從故事中跳脫出來，常常就能明白，這樣的決定沒有錯。如果A將手心的紅線收著收著，有一天他就會看見一個也將手心的紅線收著收著的公主，滿是笑顏向他走來，如果他低下頭去看，就會發現，她的腳是纏過的，總是一小步一小步優雅小心地跨著。

當王子與公主幸福的鐘聲響起的時候，我也許人在北極尋找極光，可是我一定會毫不猶豫地在第一時間浮起最真誠的笑容，為他開心。

百年修得同船渡，千年修得共枕眠，看來我跟A真的只有修了整整一百年。

24 Un, deux, trois, quatre, cinq, six

五月的最後一天，台北，下午時分。

我回到了台北，一連好幾個下午五點和凌晨十二點我都沒有看見F和米洛桑。春天就要結束，夏天就要來臨。

終於，我看見微熱的午後陽光中米洛桑從山坡上向我奔來。我抬起頭，沒聽見巴哈優雅響起，就像Cue錯演員般錯愕，跟在米洛桑幾步之後的，並不是好幾週不見了的F，而是一個留著中長髮的年輕小姐。

「妳好，我們老闆出國了，第一站去了愛丁堡，他將事情都仔細交代我們了，並沒有說何時回國。」這個有氣質的小姐彷彿看見我臉上寫著的大大問號，微笑著對著我打招呼。

「……那……」我什麼話都說不出來。

「他有交代，如果帶米洛桑往這邊走來，遇見了妳，就這樣跟妳說。」她繼續說著，化解了我說不出話來的尷尬。

「所以說，回程是open嗎？」我喃喃說著，不知道是跟自己說還是跟她說，聽著聽著，心中出現了一個黑洞，快速地將所有的一切都吸了進去，接著一顆隕石咚地砸中我的腦門，將我僅存的思慮整個擊碎。

「可以這麼說。」她說完微微跟我點頭，就帶著雀躍的米洛桑往山坡下走去。

我目送這樣一人一犬的身影離去，心裡卻有著極不協調的感覺，這種感覺就像有一天妳走進7-11，卻發現它的logo變成了8-12。我將所有想嘆的氣都憋著，想像自己是一隻脹滿了氣的青蛙，再一下下就要爆炸了。

我循著記憶中熟悉的旋律，華麗轉身，一步一步走進了如蜘蛛網般黏稠堅韌、越扯越糾纏的回憶裡。

十五歲那年，剛從法國亞維儂回來的我，駐足在熾熱的夏日陽光下，等著古董店深鎖的大門打開，在我長久的執拗下，門開了，然後又悄悄地闔上了。我知道這一次縱使我再說一百次「芝麻開門」，門也不會開了。因為整個門消失了，整個古董店消失了，回憶像一個個破掉的泡泡，「啵、啵、啵」地一一消失。

「一個再見也沒有。」我低聲對自己說。一顆生的，澀的，酸的青梅子，從我的心口滾了出來，咚地掉在地上，滾動停止時，已經是一身紋在上面的impact。也許我的心太忙，當我一回頭，才驚覺F已經不在我的身邊，他去了戰場，我卻不知道他是不是已經將他的心交給了我。此時此刻我才發現自己無法再忍耐一秒鐘這個沒有F的台北。

「我想離開了，一個月後我要離開台北。」我站在吧台試著上緊自己鬆了的發條。對正低著頭挑著耶加雪夫咖啡豆的老闆說。我提早一個月提出離職要求，讓老闆有時間找到接替我的人。

「是嗎？台北終於留不住妳了？」老闆頭抬都不抬，彷彿一點都不驚訝。

「如果，在Zabu煮咖啡的不是你，那麼Zabu就不Zabu了。」我低頭盯著咖啡豆回答。含糊地將心事帶過，我知道即便如此回答老闆也會懂。這樣一個在吧台後面默默煮著咖啡的人，他對靈魂的了解，遠遠勝於常常分了心的我。

「當妳不再收塔羅牌的客人時，我就有了妳要離開的預感，妳走吧，今天就離開吧，這個台北對妳來說已經不是台北。」老闆終於抬起頭，露出了然於心的微笑。

「那麼，最後就讓我以一個客人的身分點一杯熱拿鐵，一份蘋果派。」我笑著說，試圖壓下心中的離愁。

「我以為妳不吃蘋果派。」一向面無表情的老闆難得的露出驚訝的神情。

「不是不吃，是心情不到那裡。」我難得對他說出心中的話，本來我們幾乎都不說話的，單純地以咖啡交流。

他煮我端，好一個沉默而流暢的節奏。

傍晚時分，我坐在窗邊喝著老闆為我端來的熱拿鐵跟蘋果派。在沉穩的氤氳下，我想起了以前浮現的一個想法。這個想法我從來沒對任何人說過，蘋果派對我來說，正如「情」，甜中帶酸，綿細濃郁，剛剛出爐的蘋果派散發出陣陣的香氣，醒了鼻子，醒了心中沉睡的世紀。叉起來咬一口，有派皮的沉，有蘋果的綿，有肉桂的嗆。如果再加上一點新鮮奶油，就是一口華美的夏日戀情。

Zabu的熱拿鐵有著完美的溫度，精巧優雅細緻，是一曲華爾茲，是一場「愛」的迴旋，就如拼字般的，我總是避免這兩種「飲」與「食」的結合。我剛到Zabu的時候，是一個外表看起來完整，可是內心碎光光的娃娃，我暗暗告訴自己，在我真正懂得「愛」＋「情」之前，絕對不允許自己喝一杯熱拿鐵，搭上一個現烤蘋果派。

但是今天的我違背了那時的誓言，如今我的世界就像一面碎了但還保持微妙平衡的鏡子，我說明了離意，毫不猶豫地點了這一套最奢侈的組合：愛情。

當夕陽整個落下時，黑夜像那塊我總是拿來鋪在塔羅牌下面的黑絨布將呆然的我完整包裹，我掏出了包包裡的iPhone 4S，開始看起我的通訊錄。「啊！」我忍不住叫了一聲，驚訝打碎了我冰封的情緒，我怎麼也沒想到，我原本至少有二十幾個電話號碼紀錄的通訊錄，竟然整個消失，不可思議地全部消失，成了一片空白，一點點痕跡都不留。一向沒有備份的我，突然慌了手腳不知如何是好。

一分鐘，兩分鐘，三分鐘過去了，很多分鐘過去了。我成了被劇組遺忘了的道具，被棄置在窗邊，當外面開始下起大雨的時候，我不知道為什麼開始收集起數字號碼，然後，我開始將一個個從心中跳出來的數字輸入手機裡，輸入完一組就以再自然不過的節奏，輸入人名，當雨勢漸歇的時候，我終於輸入了好幾組數字號碼與人名。

我回過神來，再喝了一杯熱拿鐵，開始清點起我的通訊錄，裡面有家中的電話，哥哥的手機，蕾西的手機，艾琳的手機，F的手機，R的手機，總共六組，不多不少。

雨勢再次轉大，我想回家了。於是我跟老闆告別，他當場數了薪水給我。這意味著明天開始，我可以選擇不來了。如果再來，就是以一個客人的身分。The end of an era.。

「十分感謝Zabu的收容與照顧。」我深深向老闆一鞠躬，然後，頭也不回地離去，就像河流，無法回流。

二〇一三，台中新社山上，六月初。

「咪咪，妳總是像走失了的貓，忽然出現，忽然消失。想留的話，誰也趕不走，想走的話，誰也留不住。」哥哥接到我前一天打的電話，依照約好的時間來到高鐵站接我時，叫著我小時候的小名。

我這幾天已經將台北的行李全部裝箱打包，房子也整理地乾乾淨淨還給老房東太太。當一個人決心要離開一個城市時，其實是很容易的。一個城市裡最被留戀的從來不是風景，而是「人」與「情」。

「夠了的，感覺夠了。」我口氣很輕地說。

「咪咪，發生了什麼事，對吧？」哥哥有些擔憂地說。

「就像你的電腦當機，我的記憶當機了。」我說，一點也不想隱瞞，每次回來山上的老家，我總是將謊言留在山腳下。

「說清楚點，我受不起驚了。」哥哥簡單地說，口氣裡滿是嚴肅。

「我的記憶只剩下一點點，就只剩下六個人的回憶，其他的回憶全部都消失了。試著說明的話，就是關於人的回憶只剩下六個人，其他的事件本身都記得，但是關於人物的話，就是一個個被立可白塗掉的人物表，再怎麼想也想不起來。」我努力地將聽起來很瘋狂的事情解釋得令人容易了解。

「發生了什麼嗎？感覺上很像是選擇性失憶。」哥哥很冷靜地說，這是他很大的優點，總是處變不驚。

「前幾天下雨的夜裡，我離開了打工的咖啡屋，撐著傘獨自走著，因為手機當機了，我一一將通訊錄填上，共填了六個人的連絡號碼，然後，快走到台北的住處時，打了一個很亮很亮的閃電，我當時正在想：『啊，通訊錄清潔溜溜，只剩六組回憶，如果我的腦海裡也可以這樣爽快地清空就好了！』結果不知道過了多久，我遇見正從超商買東西回來的房東太太，她拍了拍我的肩膀說：『怎麼一個人呆呆地撐著傘站在這裡，叫了妳好幾聲也不回應，夜深了，趕快進去，免得危險。』」

然後我就如夢初醒般走進我二樓的房間，慢慢地洗了澡，還敷了臉。一覺到天亮，開始吃早餐，看報紙，收拾行李，在整理信件時，才發現這個意外的空白。事實上，那晚房東太太叫住我時，我的腦海中一點也沒有她的臉孔記憶，但是因為知道自己正在做的『事件』，於是飛快連結起來，所以將她的臉填入腦海中的空白格。我試著搜索回憶，赫然發現腦子裡儲存的記憶體被消去了很多，很多事情除了我的幾個好朋友還有家人的事都還記得之外，其他的人我都沒了印象，那種感覺就好像我這本人生的故事裡，一直以來就只有這些人物出現！」我一口氣將事情發生的前後始末說清，卻一點也沒有真實感，感覺好像在說別人的故事，正如我之前寫的許多胡掰故事。

「這樣嗎？感覺很糟，卻也不是太糟，其實我還覺得這樣也許比較好，剛剛我去接妳的時候，就覺得妳臉上的表情變『輕』了。不然，這段時間總覺得妳有一張像小時候在幼稚園被霸凌回來後委屈的臉。」哥哥說完，忍不住笑了出來。

「是嗎？我讓大家都感到沉重嗎？」我說著，有些愧疚。

「雖然妳不是故意的，可是大家還是忍不住替妳擔心，心情難免跟著受到影響。妳從小就是這樣，開心的時候全世界都知道，不開心的時候臉上會打雷閃電，最好笑的是，妳自己還以為自己很會隱藏。」露出笑意的哥哥將播放完了的巴哈再重新播放一次。

「我們現在要去哪裡？」我好奇地看著外面的風景，意外地發現哥哥將車子彎向左邊，而不是彎向開往回家路上的右邊。

「帶妳去看我們的夢想。」哥哥神祕地說。

約莫十分鐘後，我們來到一個小小的日式木造建築前，前面有一個小小的花園，後面有一大片樹林連向山腳下的草原，草原再過去就是層層山巒。花園已經整理過，白色的木造圍牆邊，種了一排楓樹、山芋和日本櫻花，整個完完全全是宮崎駿漫畫的風格。

「這裡有蜂鳥，已經是定居下來的常客。」哥哥一邊帶我走進屋子裡，一邊很是得意地說。

「食堂！」我四處張望後露出微笑說。

「沒有menu，是當令食材菜單，沒有廣告招牌，讓客人自己尋找。」哥哥很驕傲地插著腰說。

「這個是我們小時候一起畫的夢想，那個有著宮崎駿風的『龍貓食堂』（我跟哥哥自己想的）。」我眼眶熱了起來。

「錯，我們這裡是『貍貓食堂』！我女朋友會來幫忙我一起做菜和甜點，這段時間妳就負責煮咖啡就好，想來就來，妳開心就好。」一向很會做菜的哥哥拍拍我的肩膀說。

「這是你想要的？」我有點不敢相信地問，眼淚積在眼角，正如蓄滿了水的水壩。

「是的，這是我想要的。我將這些年的積蓄投資了一些在這塊土地上，當妳過完新年下山後，我就將計畫案跟爸媽說明，也得到他們的支持。這些日子以來，在爸爸的協助下建造整理了這個房子和花園。這是多年來我失去的自由所換來的獎賞。我知道妳不會久留，但是在妳找到幸福以前，我們的夢想，我們一人一半，當妳不開心的時候，我的快樂分妳一半，妳煮的咖啡分我一半。」哥哥眼神純粹地笑著，神情爽朗地一如小時候那個總為我說故事、牽著手帶我去上學的他。

我仰頭望著總是比我高的哥哥。這一刻，時光逆流了，我們彷彿回到那一年的純真。

「Impressive.」我說，當我很震驚時，常常會說不出國語，會改用一種我比較不尷尬的英文，就像說「I love you」比較容易，說「我愛你」就要命地難。

「那我現在開始儲蓄快樂，當你需要的時候，我的快樂也分你一半。」我有些靦腆地說。

「在這裡，妳大概也只需要六個人的記憶就夠了。其他的人妳忘了也好，就當喝了孟婆給的湯，從這裡重新開始。」哥哥拍拍我的頭頭，捏捏我的鼻子說，就像小時候一樣，把我當成一隻跟在他後面追的小狗。

我呆立半晌，沉默半晌。然後宛如充滿電的機器人開始移動，四處尋找。

「有網路的，無限網路，妳跟這個世界還是有連結。」哥哥似乎讀懂了我的舉動接著說。

「Everything happens for a reason.」我說完，脫下腳上的芭蕾舞鞋，赤腳在花園的草地上狂奔。

我跑著跑著，定點，彈跳，瞬間飛翔，那一刻，我觸碰到了夢想，那是一個有著紅橙黃綠藍靛紫彩虹色彩的大泡泡。

夜晚，我難得地失眠了，我睜著眼，頂著幾乎是空了的腦袋等待第一道曙光。天亮的時候，有四個簡訊被成功發出。

訊息上寫著：七月的時候，歡迎光臨貍貓食堂。

就這樣，簡短的十三個字，沒有住址。就這樣，我在世界的中心發出呼喚，期待散落在世界各地，黑夜白晝與我或是相同或是顛倒的旅人，可以收到我的思念。

那四則簡訊，分別傳向了F、R、艾琳與蕾西。

那四則簡訊，如四個漣漪，緩緩緩緩地以宇宙莫名的節奏，傳達到了他們的眼裡，心中。

「收到」、「Roger that.」、「Be there.」、「Coming.」。

隔天，當天色就要轉黑以前，我一一收到了來自近的，遠的，北的，南的，左的，右的，四方來的訊息。

一個個訊息，就像一個個金幣，咚咚咚地投入了我除了家人的豐滿基礎外幾乎空了的記憶撲滿裡。

當天空第一顆星星出現的時候，我躺在從愛丁堡帶回來的格紋羊毛毯上，開始抬頭在漆黑沒有光害的夜裡尋找起所有懂的、不懂的星座，一顆一顆將星星組合起來，在心中連成一個最古老美麗的圖形。

此刻，我有著看似最貧窮，其實最富有，一種什麼抱怨都沒有的悠然。

Un, deux, trois, quatre, cinq, six，我數了數，天空中最最明亮的六顆星星。

25

D會去找B，B會去找F。

二〇一三，七月中旬，台中新社山上。

愛麗絲掉入兔子洞裡，從此不出來，因為正在have fun，因為正在等待心中的戀人前來尋找。

在山中，鬧鐘是多餘的。吃了早餐是午餐，吃了午餐是晚餐，吃了晚餐是黑夜，黑夜就是用來睡覺。然後早晨的第一道曙光是起床號。日出而作，日落而息。

一早，起床洗過澡之後，我隨意換上一件衣服，一路沿著山路走到狸貓食堂，約莫三公里的路程。我有七雙芭蕾舞鞋，分別是紅橙黃綠藍靛紫，剛剛好一週一個循環。當我將所有的鞋子輪完一遍，我就知道一個星期過去了。有時候，天空有老鷹，有時候沒有老鷹。可是好運總是在的，它待慣了，決定不走開。

我的白色Mac就在這食堂待了下來。每天早上我總是第一個來到這個食堂。我開窗，煮咖啡，讓Mac醒來準備收郵件寫稿子。早上哥哥總是先跟媽媽去菜園採收當天要用的食材。十一點左右，才會開著車跟著與我們住在一起的女友一起來食堂準備午餐和晚餐的菜色。當天的菜色一旦決定好了就會用粉筆手寫在木頭柵欄大門旁。

因為早上的時間通常都只有我一個人在吧台，十一點以前來的客人就隨意跟著我吃早午餐。我決定吃什麼，他們就跟著我吃什麼。大概是這個食堂有一種很酷的氛圍，倒是從來沒有聽過人抱怨。

又或者是我擺在食堂前方花園的木頭柵欄前的手繪小踏板奏效了。那是個長約九十公分，寬約三十五公分鋸成完美一百八十度弧形的木頭。我用顏料仔細塗上紅橙黃綠藍靛紫的一道道色彩，塗上一層防水漆。然後將小時候收集來的玻璃彈珠，從閣樓上翻出來，全部用槌子將它們一顆顆打碎，碎，但是不是很碎。然後我將玻璃的立體不規則碎片隨意地貼在那七道的霓彩上。當陽光照射在上面時，就會發出一道道迷人閃耀的折射。

我在木柵門的右手邊，擺上我多年前從雲南大理帶回來的手工銅鈴。在銅鈴旁掛上一塊木頭告示板，上面用我說不上來是幼稚還是帥氣的筆跡寫著：「不管是誰進入這扇門前，請誠心搖一下鈴，溫柔跨越這道彩虹。然後，伸手拍拍你的身後，那麼煩惱將被關在門後。」

這是我跟哥哥一起發現的兔子洞。我們發現有更多人可以當愛麗絲，甚至也十分，百分，千分，萬分歡迎羅蜜歐的光臨。

這天，我決定的早餐是藍莓貝果塗上起司、水果優格沙拉、涼拌梅汁山蘇、手工烘培紅莓燕麥大餅乾（跟我的臉一樣大！）、耶加雪夫加熱牛奶（耶加雪夫拿鐵？）。

有一對來山上度假的小情侶，正甜甜蜜蜜地享用著我準備的早午餐。在有著山景的窗邊，巴哈的背景音樂襯托之下，彷彿是一張青春愛情電影海報，這個食堂有著一種奇妙的氛圍，在這裡是不允許不幸福的，在這裡是不允許不相愛的。

我打開電腦收到了來自台北的一封電子郵件，寄信人是R的男友，大意是要我幫忙設計一對男男情侶定情對戒。寧靜的深林間，柔和的晨曦下，有什麼比這個還要浪漫的事情好做呢？於是，我一邊喝著我的耶加雪夫拿鐵，一邊在便條紙上畫起了設計草稿，不到三十分鐘的時間我就畫好了。基本上是一對白金的極簡單戒指，R的戒面上有七顆2米厘的彩色寶石，緊緊相連卻不相接，顏色依序是紅，橙，黃，綠，藍，靛，紫（分別為紅寶石，橘黃寶石，黃寶石，祖母綠，藍寶石，深藍寶石，紫色丹泉石）。R的男友的則是在戒指的內圍上有著同色不同大小的1米厘七種寶石，平鑲在裡頭，是一種內斂的絢麗和隱含的愛意。一對戒指，七個彩虹的色彩，一個在外，一個在內，暗喻互相承接的靈魂與全面包容的愛。一百八十度加上一百八十度等於三百六十度，也是一個圓。

我將稿子用相機拍好照，附上簡單的設計理念和材質說明後，便在第一時間傳了出去。然後我站起來，拍拍屁股走到花園裡，望著藍天，我對自己說：「這一切，彷彿都劃下了美麗的句點，一點點遺憾都沒有。」

正當我這樣對自己說時，我怎麼也沒有想到我的下一個客人會是蕾西。

「怎麼來了？」我不管蕾西喜不喜歡，就將耶加雪夫拿鐵擺在她面前，蕾西掏出錢包執意要付錢。於是，我示意她自己將錢投到吧台上的招財貓撲滿裡。這個撲滿專門收好友的錢，當撲滿塞滿的時候，我跟哥哥會將錢全部捐給山腳下的育幼院。這樣朋友的厚意行了善，我們的招待也行了善。

「被雷打到！」蕾西喝了一口熱拿鐵，露出了「咦！沒想到還不錯喝」的表情，感覺上心情好了很多。

「不妙是吧？因為妳跟B不可思議地繼續幸福下去，他的前妻無法接受？」我停頓了一下說出我的猜測。

「Can't be more correct!」蕾西繼續一口一口喝著她的耶加雪夫拿鐵說。

「B讓妳先回來？」我真的想問，於是問了。

「我自己走的，留了紙條出走，想讓他急一下。」蕾西眼裡露出調皮的神情。

「妳還是喜歡整他。」我又好氣又好笑地說，突然有點同情B。

「如果讓他找得到我，他就不找我了！」蕾西一副很得意地說。

「這是韓劇《紳士的品格》裡的對話吧，妳何時也開始看妳一向討厭的韓劇？」我有些驚訝地問，也大大地喝了一口耶加雪夫熱拿鐵，彷彿是想一口吞下所有的詫異。

「沒有喔！我才不需要看什麼《紳士的品格》來了解這個簡單的道理咧，這單純是我『蕾西的智慧』！」蕾西哈哈哈地笑起來說。

「感覺好像有點狡猾。」我替B抱起不平。

「是妳給的idea好不好！就是妳老愛說什麼『沒有你就不行啦』、『失去了對方就會慘兮兮啦』這些華麗的台詞，才給了我這個靈感！我就想說，既然我已經先jump上床了，欲望確認是十分肯定了。所以說現在就是『驗證』愛情的時候啦。」蕾西像是老早就準備好台詞似的一口氣說著，說完，爽快地拍了一下手。

「這下，不知道是妳慘兮兮還是B要慘兮兮，或者乾脆一起慘兮兮!!」我開始有了捉弄蕾西的心情說。

「哈哈，對了！艾琳有說她也要來這裡跟我們會合耶，好像是需要一點時間來冷靜思考之類的。」蕾西說，臉上露出一副「突然想到」的表情。

「她不是跟前男友復合了，還戒煙了，說要準備當媽媽的嗎？又要變卦嗎？」

我說，有些驚訝自己並沒有被update艾琳的status。

「艾琳說愛瑪太柔軟感性了，她需要我這種有點『心狠手辣』的女人給個點子，激活她的愛情生活。」蕾西彷彿讀出了我的心事。

「淑女的品格。」我點點頭說。

「啥米？」蕾西滿是疑惑地說。

「總覺得這是個契機，我們終於可以打破各自頑固的邏輯，就像被龍捲風摧毀的村莊般，一點一點收拾起來，建構一個新的家園。也許我們終於可以在遲了這麼久之後，真真正正蛻變成一個值得被愛的淑女。」我很有信心地說，也不知道是哪來的信心，反正看見蕾西的臉，就想胡亂說。

「是因為我們都被整慘了，所以試著成長？」蕾西思考了一下說。

「是愛情整慘了我們。」我表示贊成。

「淑女嗎？」蕾西望著窗外，以一種不可思議的口吻說著。

「我突然覺得，當個淑女好像也不是那麼糟的主意。」我也跟著望向窗外。

就在這時候，我跟蕾西看見一個熟悉的身影逐漸接近。

是戴著雷朋眼鏡，穿著lemon yellow mini-dress、蹬著三吋高跟鞋的艾琳。

「酸的，心情酸的像沒有熟的檸檬。」艾琳一推開食堂的門，摘下她的雷朋眼鏡，露出她明顯是一路哭來的泡泡眼說。

「妳是第一棒。」我站起身來拍拍蕾西的左肩膀，示意她先穩住艾琳的情緒後，便逕自走去吧台煮一杯要給艾琳的耶加雪夫拿鐵。

「哦，真的來了，妳一向說到做到，很有魄力，而且沒有遲到太久！」蕾西對艾琳說。

「好像也沒有其他選擇了。」艾琳露出了一個很乾脆的笑容說。

「說吧！」蕾西望著艾琳說。

「我發現我離開D後，真的慘兮兮。」艾琳言簡意賅地說。

「可是妳左思右想，又覺得回去D身邊也是一樣會慘兮兮，不一樣的慘兮兮，不是嗎？」蕾西說出了她今天的「智慧之語」。

「就像妳說的那樣。」艾琳說，一副佩服得五體投地的表情。

「所以你們現在的情況就像一盤棋局，妳感覺自己下壞了，想了老半天想不出下一步棋該怎麼走，於是乾脆丟下棋局跟對手，自己溜了？」我笑著將煮好的耶加雪夫端到艾琳的面前。

「不愧是愛瑪，就是這樣！我就是那個沒有種面對殘局的蹩腳棋手。」艾琳拍了一下自己的額頭，然後很疑惑地看著我幫她準備的咖啡，臉上寫著「這不是

Americano triple shoot」。

「這都不是我們三個喝慣了的咖啡，但是這就是當淑女的第一課：我們都要試著妥協，一個人時可以很任性，可以很堅持。可是在愛情裡，我們就要尋找一個讓兩人都可以感到幸福的妥協，take it and leave the complaints。」

我不知不覺又開始鬼扯，索性開起了「淑女講堂」。

「哈哈！這就是妳躲在這好山好水的兔子洞裡當愛麗絲幾個禮拜的頓悟嗎？」蕾西有些捉弄我地說。

「我覺得我們一直以來都太順利，然後物以類聚多年下來緊緊相連的我們三人又一直互相庇護寵壞對方，以至於我們左閃右躲避免長大，於是我們都長大得太晚，真的真的太晚！」艾琳將手交疊桌前，嚴肅地宣布。

「妳發燒了嗎？還是在來食堂的山路上被外星人綁架了，這個艾琳不是真的艾琳吧？」我說完，伸出右手輕輕按在艾琳額頭上。

「一起長大的話，好像也不是那麼不好的idea。」蕾西思考了一會兒說。

「用長大這件事來換永遠幸福的話，好像是個穩賺不賠的deal。」我跟著說。

「那麼，接下來該怎麼辦？也不能逃一輩子，我們總不能窩在山裡種芋頭！」

艾琳將剩下的耶加雪夫拿鐵一飲而盡，開始認真地面對她的「現實」。

「妳們覺得，他們兩個找不到妳們會怎樣？」我問蕾西與艾琳。

「找妳要人！」蕾西與艾琳異口同聲地指著我的鼻子說。

「如果他們找不到我呢？」我有點神祕地說，我知道D跟B都不知道貍貓食堂的住址。

「D會找B去要蕾西來問艾琳。」艾琳想了一下回答。

「可是B也不知道蕾西在哪裡呀！」我跟艾琳說，就像下棋一樣，我馬上跟著下了一步。

「B會去找F要愛瑪來問蕾西在哪。」蕾西很快地轉出了一個答案。

「所以D會去找B，B會去找F，變成兩人都會去找F。」我說。

「可是我們不知道F去了哪裡，而且F也不知道貍貓食堂的地址是吧?!」頭腦清晰的蕾西又丟出一個問題。

「那我們只好等D跟B一起連絡到F，然後看看他們是否決定按著線索前來尋找我們。在那之前，妳們就跟我回家睡同一張床，吃一樣的飯，看一樣的星星，走一樣的三公里路（晚上的話就搭哥哥的車）來食堂。」我下了如此結論。

「要發出訊息嗎？就像海上遇難的漂流者，要發出拉炮煙火嗎？」蕾西很認真地思考著。

「喔，這倒是耶！我這裡有兩個泡在鹹鹹海水裡的漂流客，等待著以愛情為燃料的幸福號前來救援。如果加上我就是三個，應該要來放個大大的求救煙火拉炮！」我轉轉腦筋試著跟上蕾西快轉的邏輯說。一旁累翻了的艾琳，乾脆棄守，就乖乖坐著聽。看來這次她真的遇上大難題，不知怎麼地，我覺得能夠愛得這麼慘烈，也許對艾琳來說是福不是禍。

我站起身來將自己從巴賽隆納帶回來裡面滿是彩色城市素描的心頭寶貝畫冊從櫃台後面拿出來，用美工刀從正中間俐落地切成兩半，一本畫冊頓時變成兩本。我翻了翻畫冊，確定兩本都有彩虹的七彩顏色在裡面後，便將畫冊的後半冊，有著結尾的那一本，翻到最後一頁，用我畫圖用的0.03mm極細自動鉛筆，試著用一種帶著「淑女」風格，有著「李清照」氣質的優雅筆跡，寫下貍貓食堂的住址，住址之後，寫著「三個走失的淑女，等待請求搜索救援」。

接著，我仔細將畫冊用牛皮紙袋包好，填上從Google搜尋來的F的工作室地址，叫來黑貓宅即便，將包裹送出。

想像著那個畫冊就會靜靜等待不知在何方F的終於歸來，開封，將我們的心事密碼一一解開。讓羅蜜歐們一一跟著線索來尋找掉落在兔子洞裡等待愛情救援的愛麗絲們。

然後，就沒有了然後。一起喜歡上原本不是很適應的耶加雪夫拿鐵的我們都發現，所謂愛情這種東西，結局常常不在自己的手裡，而是在別人的手心。

而這三個淑女（to be）在等待救援的時候，在胡鬧，瞎搞，鬼扯蛋，種芋頭之餘，真的有努力試著學著做個淑女。

真的！

「我們明天一起來種菊花吧！從這邊一直種到那邊。」我站在白色木頭籬笆前說。

「可以問一下這又是哪裡冒出來的idea嗎？」站在我身邊的蕾西輕輕拍了我的頭一下說。

「採菊東籬下，悠然見南山。現在我們有了籬笆，有了遠山，就是沒有菊可以採，所以我們應該先來種個菊花。」我一本正經地說。

「喔，我有說過，跟妳談戀愛的人一定不是平常人嗎？」艾琳聽完我說的話，想了很久之後好像才想明白，於是以一副受不了的口氣說。

「我我我！我有說過！」蕾西舉了雙手哇哇地叫。

夕陽下，被白色木頭籬笆圍起來的貍貓食堂，就像一個被海水圍繞、傳說守護著任何可能愛情的小島。而我們三個就像因為潮水漲了，一時被同困在這個小小的島上的漂流者，等待著紅線的另一端，有人收著收著線來尋。

我們安心等待著，一邊守護我們好不容易復甦的純真，一邊試著當個昂頭、收下巴、縮小腹，在愛情面前溫柔以對的淑女。從那天起，就有人傳說，狸貓食堂守護著所有可能與不可能的愛情。漸漸地，各地擁有不可能愛情的情侶們都來到了這個兔子洞朝聖，期待愛情可以得到祝福，每對前來的情侶都會共飲一杯耶加雪夫拿鐵，一起嚐著，一樣的苦，一樣的香，一樣的熱，一樣的綿，一樣的濃。不管喜不喜歡，他們都會試著喝完。因為愛情本來就是這樣，不管喜不喜歡都要為彼此去磨合包容，這樣一來，一條情路才能走向永遠。

我們三個都相信，當第一百對情侶來到狸貓食堂時，我們的情人就會來搖鈴。

於是，因為這個美麗的信念，每天在狸貓食堂都可以看見三個穿著時尚的女人，專心地數著搖著銅鈴，跨過彩虹木板橋進來的情侶。

一、二、三、四、五、六……

一百，其實也沒有那麼遙遠。

可以確定的是，當一百來臨前，籬笆前，已經開滿了遍地菊花。

採菊東籬下，悠然見南山。

26 突然消失的女友。

「可是我們兩個就是喜歡這樣瘋狂嗆辣的女孩吧？」

「是啊，麻辣鍋般的嗆辣，活該有時會胃痛。」

「愛的很疲累，被黏的很煩躁，被愛的很沉重，可是……」

「就算明明知道對方有一大堆缺點，可是她的所有舉動還是牽引著自己的心。」

「是不是所有的愛情都是一種ＳＭ？」

26 突然消失的女友。

二〇一三，七月下旬，雪梨。

已經好幾天沒有艾琳的消息，打了手機也不開機，留了言也沒回覆，苦等不到回應的D，於是呼叫了人在舊金山的B。

「我家的艾琳消失了，打電話不接，留言不回，試著連絡愛瑪，也是同樣模式，你那邊的蕾西呢？」

「蕾西一週前就離家了，只留了一張紙條，情況跟你相同，我也試著連絡了愛瑪，可是Zabu老闆說，她已經不在那邊端咖啡了。」

「一起離家出走？」

「想必是的，你跟艾琳吵架了？」

「艾琳跟我分手了，跑去找前男友復合。後來，我生日那天晚上，她突然跑來找我，恰巧撞上我跟一群朋友的聚會，她走上前來甩了我一巴掌，就跑走了。我去她家守了一夜，她也沒有回來，從那時開始，她的手機就關機了。」

「蕾西是接到我前妻的電話，她傳了簡訊給當時還在公司的我之後，就留了紙條出走了。」

「一定在一起。」

「一定！」

「突然覺得，沒那麼令人擔心了。」

「那麼暫時不要找她們，讓她們也嚐嚐跟我們現在一樣的滋味。」

「沒有比這更好的主意！」

「我來連絡F，他一定知道愛瑪在哪裡，愛瑪一向淡然，不像蕾西和艾琳那樣的瘋。」

「可是我們兩個就是喜歡這樣瘋狂嗆辣的女孩吧？」

「是啊，麻辣鍋般的嗆辣，活該有時會胃痛。」

「愛的很疲累，被黏的很煩躁，被愛的很沉重，可是……」

「就算明明知道對方有一大堆缺點，可是她的所有舉動還是牽引著自己的心。」

「是不是所有的愛情都是一種SM？」

「偉大的愛情故事好像沒有不受苦、不經歷波折的。」

「沒有她的日子，感覺平靜地太無聊了。」

「如果她永遠不消失，也許你永遠不知道她對你的重要？」

「一直以來都太把她的愛當作理所當然。」

「因為愛得太容易。」

「她雖然把你當王子，當她需要你時你卻保護不了她。」

「是的，我沒有保護到她！因為她一直都表現得很堅強，於是我忘了其實她也需要被守護。」

「我們都沒有當紳士的資格。」

「Exactly.」

當晚，B傳了訊息找到了人在歐洲的F。F於十天後抵達台北，收到了包裹，他將住址告知給了B，B也轉給了D。三個人迅速俐落地交換手中的資訊，就像擅長找逃跑外星人的MIB（Man in Black，在此隱射某部電影裡身穿黑衣、追捕外星人的星際警察）。

二〇一三，八月中一個早晨，貍貓食堂。

「如果，妳可以跟一個人共處山林一個星期，一個月，那麼你們一定很相愛。」我做好三份早午餐後，跟蕾西與艾琳一同坐在窗邊。我已經做好了其他兩對情侶的早午餐和咖啡，這兩對客人分別是貍貓食堂的第四十九與第五十對客人。

「因為，一切都很簡單純粹吧。」蕾西喝了一口耶加雪夫拿鐵說。

「我不相信D可以做到。」當艾琳無精打采地說完這句話時，突然睜大了眼睛就像見到火星人一樣。

我跟蕾西隨著她的眼神追過去，就看見D正搖了搖銅鈴，跨過彩虹弧形橋大步大步向我們走了過來。

「來了，羅蜜歐一號。」我站起身來，走去櫃台，準備一份早午餐，和一杯耶加雪夫拿鐵要給D。

今天的早午餐是韓式泡菜三小碟，糖汁雪梨一份，韓式牛尾湯一小鍋，加上一碗白飯。

「為了妳給我的一巴掌，我不得不追到這山中來。」D很自然地坐在艾琳身邊，彷彿這是最自然不過的事情。

蕾西跟D打過招呼後，就走到吧台來站在我旁邊。

「所以，你是來打回來的嗎？」艾琳挑釁地說，但臉卻很不爭氣地漲紅了。

「我是來跟妳討6.5歲的。」D一副準備好台詞了的樣子伸出他的右手說，果然是受過專業訓練的model，台風穩健。

「嗯？」艾琳攤攤空著的手表示不解。

「如果，妳給我妳手上多出來的十三歲的一半，那麼我們就能在中間相遇，不多不少，剛剛好。」D說完點了點頭，像個背好熟練台詞的連續劇演員。一起將D的早午餐和咖啡端上桌後的我和蕾西，站在吧台認真地看著艾琳和D，感覺好像在收看灑狗血連續劇，不過說回來，在每一段愛情裡，我們不都是各演各的男女主角？

「你願意為我快點長大？」艾琳一副感動到不行的樣子說，艾琳總是這樣的，一遇到感人的情境，馬上投降，她在愛情面前一點都不擺架子的。

「嚴格說起來也不是完全為了妳，可是真的是妳讓我明白，自己需要一些改變。」D說完，開始津津有味地吃起了他的韓式早午餐。

「沒有我就不行嗎？」艾琳追著問。

「老實說沒有妳，當然也是可以，只是日子就變成只是日子罷了。」D思索了一下說。

「那麼芭比娃娃們呢？」艾琳彷彿是下定了決心般，將問題一個一個丟出來。忌妒，是戀愛中女人的天性。

「我決定不當肯尼了，我已經提前解了經紀約，在本來就反對我當model的爸媽的支持下開了一間bar。妳回來雪梨的話，可以在裡面駐唱，妳會是我唯一的芭比！」D果然是有所準備，說的話條理帥氣，不愧是男主角一號。瞬間，我跟蕾西雞皮疙瘩掉滿地。

「我在做夢嗎？」艾琳眼淚已經盈眶。

「當妳離開我，回去妳前男友的身邊時，我沒有馬上去追妳回來，因為我真的不確定自己是否可以放棄手中的自由與fun。我一直是肯尼，也只會當肯尼！再說，我就算將妳追回來了，我也無法確定自己是否可以給妳妳想要的穩定和幸福。」D說完，繼續低頭吃著他的早午餐。

「是什麼改變了你？」艾琳一邊擦眼淚一邊問，她的肚子裡有一大堆疑問。

「妳戒煙。當妳戒煙的那一刻我突然開始覺得自己真的會失去妳。」D抬起頭來望著艾琳說。

「一邊戒煙，一邊將屬於你的記憶從身上徹底剝除。總覺得，當自己的身體對尼古丁的記憶消除時，我就可以完全忘了你。」艾琳瞇起眼睛，聲音裡有著委屈。

「愛瑪，再來一杯耶加雪夫拿鐵，加上雙份布朗尼。」艾琳對我招了招手，輕輕喊著，難得地口氣溫柔。

「就像溺水的人，溺著溺著也就習慣了。我當時決定不去找妳，因為心中其實很是氣憤妳投進前男友的懷抱裡。」D等艾琳將注意力轉回來時，馬上接著說。

「可是我後來卻跑去找你，壞了你經營的平衡了，是吧？」艾琳有些尷尬地說，畢竟，她回到前男友身邊是一個無法狡辯的事實。

「是的，妳跑了進來，一副氣瘋了的樣子，狠狠地在眾芭比面前給我火辣的一巴掌，那時我就又重新愛上妳了，感覺愛意整個復活，我當時很崇拜妳，覺得妳真的是帥呆了！我好羨慕妳的不顧一切，當妳回到前男友身邊來故意氣我時，我真的氣瘋了，我內心其實也是想跑到妳前面呼妳一巴掌的，我那一陣子的沉默，也許其實是生氣自己的懦弱吧！」D毫無保留地說出他的心事，這是D最可愛的地方，坦白而純摯，沒有任何花招，說的話卻句句直擊人心。

「如果愛，就當如此。」愛瑪心中如是OS。

「如果我要死了，我絕對不要帶著我不曾將自己真正的心意傳達給你的遺憾死去，我一直都是這樣想的。」艾琳嘆了一口氣，那口氣很是纏綿。

「那麼妳要跟我走嗎？」D問，聲音裡流露出一些緊張。

「如果我說不呢？」艾琳亮了的臉上有著笑意，她有些調皮地問。

「那我就住下來，養山豬。」D也跟著開起玩笑來了。

「如果，我是你唯一的芭比，那麼我就跟你回去。」艾琳笑得合不攏嘴，甜的像那年我在山東吃到的拔絲香蕉。

「那麼，我也要當你唯一的肯尼。」D說。

「嘿，又肉麻又好笑。」蕾西受不了的站在吧台跟我說道。

「輪到妳的時候，肯定會更肉麻更好笑！」我笑著托腮，收看我一向喜歡的happy ending說。

「I am gonna take no.2!」蕾西握起拳頭一邊伸頭看著窗外，這個一向喜歡當第一的蕾西，真的有些緊張了。

「After you.」我笑著看著我稚氣未脫的lady to be好友說。

是這樣的，當什麼消失的時候，就一定有什麼會出現。

太陽消失了，烏雲出來了，烏雲消失了，雨下起來了，雨滴消失了，然後，彩虹也許就會出現。

因為，消失了女友，羅蜜歐就要一一出現了。

Un, deux, and gonna be troi...

27 找到愛情的女人，總會一一消失。

二〇一三，八月中的一個早晨，貍貓食堂。

「愛瑪，在我離開之前我有一個問題要問妳。」艾琳一邊吃著我準備的早午餐一邊說。

今天的早午餐是馬來西亞肉骨茶、全麥窩窩頭、南瓜杏仁派、醋醃小黃瓜、耶加雪夫咖啡。已經吃過早午餐的蕾西與D被艾琳示意一起出去澆花。

「妳問呀！妳何時那麼客氣過？」我已經吃完我的早午餐，正喝著我的第二杯耶加雪夫拿鐵。

「妳真的真的除了爸爸媽媽、哥哥、我、蕾西、R跟F的記憶之外，有關其他人的記憶全部消失了？全部？清潔溜溜？一絲不剩？」艾琳放下手中的咖啡杯，很是激動，這是艾琳第一次提起F，我其實有些驚訝。

「是的，就像不小心按到delete鍵，所有的稿子全部消失。All blank!沒有備份一點辦法也沒有！除了你們跟我家人的回憶，其他全部消失地一乾二淨。」我攤開雙手無奈地說，這段時日下來，我其實很喜歡這個腦子很空的自己，清爽潔淨，沒有負擔。

「他有找過妳。」艾琳低下頭低聲說著，不知道是說給我聽，還是說給自己聽。

「嗯？」我望著艾琳一臉疑惑。也許眼裡滿是空洞，艾琳抬起頭來望著我嘆了一口氣。

「真的要我選擇的話，我比較喜歡現在這個妳。我想了想，妳一直以來就是一個容易『留戀』、『依戀』的人，腦子中的記憶又天殺的清晰。這樣的妳無形中是對自己和現任戀人的一種殘忍。如果妳無法忘記過去的話，妳是不可能跨越那累積的不捨的，手中捧著的什麼太滿了，所以當幸福真的來臨的時候，反而抓不住。簡單地說，妳是個一直活在過去的人，總是慢半拍。當『現在』離開了，妳才隨後慢慢跟上。」艾琳看著我，臉色有些凝重。

「所以妳是說，現在的我因為沒有了『過去』反而能夠活在『現在』？」我沉思了一會兒說。

「妳知道『拔絲』嗎？」艾琳點點頭說。

「知道，『拔絲香蕉』的『拔絲』又甜又燙，拉起來情絲纏綣。」我回想起在山東吃的拔絲香蕉說。

「妳過去一直是那樣的人。倒也不是故意去使壞，可是無形中真的給人惹麻煩了。這個大概就是蕾西跟F說的，妳比花花公子還惡劣的原因。手中抓著大把過去的情絲，卻一點點承諾也給不起。」艾琳說完，繼續喝著她的咖啡。

「妳說得對，我不否認。」我一點都不想狡辯了。

「所以說，如果無法將妳的本性改變的話，那麼就將妳的記憶刪除到剩下應該有的那麼一點點，那麼就天下太平了！」艾琳說完，雙手一拍，一副結案了的樣子。

「談一段戀愛，真的可以讓人變成一個人呢。艾琳，妳變了，妳開始照顧我了，不再是那個一旦談起戀愛來就理智全失，感覺會開著跑車去撞山壁的瘋狂艾琳了，而且還真的戒煙了。」我有感而發，感覺這個艾琳一夕之間長大了。

「D給了我壓力吧！突然覺得他轉身一變變成一個帥得不得了的成熟男人了。如果我再不趕上就要被他追過去了，總覺得不趕快痛定思痛變成一個配得上他的女人是不行的。全世界都可以說我們不相配，可是就是我自己不行！」艾琳很有魄力地說，當她決定做什麼時，她一定會做到。

當天，D跟艾琳就在我與蕾西淚眼目送下離開了。我跟蕾西不知道為什麼都覺得自己好像是好不容易將一個驕縱、老是惹麻煩的女兒給嫁出去了的父母。

「天使還是天使，愚者不愚了。」我想起幾個月前，艾琳旋風般席捲到Zabu找我算塔羅時，她抽的那張塔羅牌：愚者逆位。

「那麼，獅子看來還是獅子，我的馴獸師何時才會來？」蕾西有些懊惱地說，聲音裡有些委屈的哭意（蕾西抽的牌：力量正位，牌面上是一隻獅子和馴獸師）。

「如果，這隻獸開始思念起她的馴獸師，那麼……」我摸了摸蕾西的頭說。

「唉，終究是被馴服了吧?!」蕾西老實地說，已經放棄掙扎。

「就在妳毫不察覺以前。」我說著，臉上浮出一個混雜著自己的祕密心事的笑容。

二〇一三，八月的最後一天，中午以前。

就在我跟蕾西接待完第八十組的情侶客人之後，我們兩個一起坐在窗邊吃日式蕎麥涼麵、酪梨沙拉、芒果布丁、scone with cream cheese，喝著第二杯的耶加雪夫拿鐵。

「妳覺得B會來找我嗎？」蕾西苦著臉問，其實在艾琳離開後，蕾西就收拾好了行李，一直準備離去，可是卻又下不了決心離去。

「妳覺得呢？」我一邊熟練地吃著蕎麥麵一邊反問。

「本來很確定的，可是時日一久，好像真的不那麼確定了……」蕾西用著一張好像吃到檸檬的臉說。

「一個巴掌拍不響。」我很酷地回答，繼續吃著我的蕎麥麵，然後低頭看看時間。

「啥米？」蕾西很快就追問，說完很無奈地吃著她的scone。

「關於愛情這件事，一旦一方不相信，就會瞬間消失，彷彿從來就沒存在過。」我說，開始吃起我的酪梨沙拉。

「妳是在說我很煩人，是吧？」蕾西突然有點擔心地問。

「一直要說服妳愛可以永恆，幸福可以永久的B，想必很累吧。因為妳總會質疑，他自己再累也得吞進去，是種汗都流不出來的憋住的辛苦。」我一邊說著，一邊奇怪自己怎麼對這種感覺如此熟悉，幾乎忘了所有過去回憶的我，常常在莫名說出一些很了解的話之後，感到困惑，這些「理解」從哪裡來？總之就是想這樣說，就說出來了。

「所以他不會來了吧？因為我如此煩人。」蕾西乾脆自暴自棄了起來。

「蕾西，趕快將早午餐吃一吃，等下有人預約。」我看了看時間，指著蕾西前面的食物對她說。

「喔。」蕾西開始吃起她的早午餐，像個乖乖吃著營養午餐的小學生。

五分鐘之後，我看看窗外，拍了拍已經將食物吃得乾乾淨淨的蕾西的肩膀。

「來了，來了，妳的羅蜜歐。」我指著柵欄大門外正要搖鈴的B對蕾西說，B前一天寄了電子郵件給我，通知我他會在中午到達貍貓食堂。

「那我現在痛改前非還來得及嗎？」蕾西一邊忙著整理她的頭髮一邊說。

「只要相愛，就沒有什麼好來不來得及。」我笑著說，感覺自己就要嫁出第二個老是惹麻煩的女兒。

「What took you so long?」將自己整個投進B的懷抱裡的蕾西說，一臉紅暈。

「I want you to wait long enough to miss me.」B一如往常，爽朗笑著。

「Since when you become so tricky?」蕾西抬起頭問。

「I learnt that from you.」B說，一臉無辜。

「說真的！」蕾西有點不甘心地問。

「說真的，我去參加我前妻的婚禮後才來的。」B說，神色嚴肅。

「嗯？」蕾西問。

「我去了一趟Vegas，參加了前妻的婚禮。妳離開後，我就覺得這樣下去不是辦法，於是我去找了我前妻當時的男友、現在的老公長談。後來，他就跟她求婚了。」B一口氣說明。

「所以她現在幸福了，我們也終於可以被她允許幸福？」蕾西的眼神亮了起來，有種「大患已除」的輕鬆。

「如果，妳真的相信愛情可以永久，那麼我們就一定會幸福。」B咬住蕾西不放說。

「快快，快帶我走！我已經受不了在這裡當『陶淵明』了！」蕾西幸福滿溢地說。

「這一次，我真的是妳的英雄。」B很是滿意地說。

「那麼，我肯定是個美人！」蕾西哈哈哈地笑了起來，笑裡沒有一絲絲烏雲。

然後，九月來了，羅蜜歐二號帶走了他的美人。我笑著目送他們一起牽手離去，眼裡沒有一絲淚意。因為人生總該是這樣的，一個離開了，下一個就會來了。每一次的離別都是為了更幸福的我們再次相逢。

當蕾西跟B如候鳥般離去時，我抬頭看著天空，有一隻老鷹，正從天空低低飛過，那樣低，彷彿我一跳起來就要碰觸到了。

那一夜，萬籟俱寂，我幫自己算了一個塔羅牌。那個牌，是太陽正位，牌面上是一個正要升起的太陽。我微笑著，不解釋。

愛情這回事，從來就不必解釋。「互相愛戀的靈魂總會彼此尋找，如果說這世界上有什麼讓生命有重量的事情，那麼就是『愛』。」這是F唯一對我說過最接近情話的話。F總是以他特殊的方式在我生命存在，感覺很遠卻很安心，對這樣一隻曾經在愛裡窒息的野貓，一旦發覺被別人接近就忽地跑掉的我來說，是一種最能接受的愛的方式。如果不去細心體會，就無法了解F的耐心與溫柔，我就是F撿回來的受虐狗，一點一點將傷口療癒，一步一步靠近，終於他成功地將緊緊繫在我們兩人手中的紅線收短收攏。遠離的兩人終於將心相依。受傷的心是無法擁抱愛情的，我想傷痕是在我在二十三歲那年，親眼目睹初戀情人在我要求分手時用日式料理刀在左手臂劃下一道血淋淋傷痕時所留下的，自那時起傷痕就一直刻在我心上，我一直沒有逃避，任由傷口在心裡待著，所以傷口也一直不見痊愈。總是期待愛，卻總是無法接受愛的我自那時起，愛情的路總是走得坎坷。是F看見了我受傷的靈魂，收容了我，他的出現如冬天的暖陽般蒸發了我的憂傷。仔細想想，我才發現F總是以一種不去占有、不去控制的方式存在在我的生活裡，當我想退時，他就先退了。當我尋找他時，他已經出現在我面前。我一直以為是他行蹤飄忽不定，難以令人捉摸。但是現在回想起來，我才知道一直以來都是我自己的不信任與不安全感造就了這樣曲折的過程。可嘆的是，當一個人懷著一顆受傷的心去看著自己時，往往是看不見的。一向以為自己最羅曼蒂克的我終於體認到R說過的：「這樣的性格會惹麻煩的」。

若干時日之後，貍貓食堂就再也看不見愛瑪的蹤跡了，沒有人知道她去了哪裡。根據貍貓食堂在簽到簿登記為第九十九號的情侶目擊說：那一天天氣本來很好。後來天氣突然變了，下起雨來。雨後的天空出現了一道清晰完整的彩虹。看到彩虹的愛瑪匆匆地跑了出去，店門口一隻從來沒有人見過的焦糖色柴犬向她飛撲而去，愛瑪對著狗主人一臉燦笑，接著便轉身關上貍貓食堂的大門跟著男人與狗一同離開了。當時，愛瑪的哥哥跟他的女友正在食堂裡，食堂裡正播放著巴哈。

如果背影會微笑，那麼兩人跟一隻狗的背影都甜蜜地笑了。

「等得夠久了？心不忙了？溫柔不氾濫了？」

「真的吃足了苦頭，等到靈魂都乾枯了。」

「如果不讓妳一次痛個夠，妳永遠不會痛改前非。」

「我把從前的一切都忘了，劣根一次拔除。」

「妳懂得我說的一半一半了嗎？在這裡當陶淵明這麼久，總該想通了吧。」

「人生有一半快樂、一半不快樂，不管我們快不快樂，我們都是彼此的一半。」

「當我跟妳說：『關於快樂這件事，是一半一半』時，就是我將心交給妳的時候。我很忙，大多數時間都在戰場上，我得確定妳聽得懂我的意思，而且是妳自己去體會出來的，不是我告訴妳的。如果妳用心聽進去了，也想通了，再來回應我了，我就會知道妳是心甘情願地正式把心交給我，我就可以放心去戰場，不必擔心妳被別人搶去，我再也不想承受一次那樣失去的痛苦。可是妳常常分心，明明可以很快了解的事妳卻花了半世紀，我想妳的等待遠遠比不上我的。」

「你的愛太模糊，我有看沒有懂。」

「妳收下了我的心，卻遲遲沒有去開封，妳也是到了很後來熬不住了，才將心交給我，所以如果不讓妳受點苦，讓我們這段愛情深一點、濃一點，妳永遠不會醒，而我也將一直忌妒妳那曾經霸佔著妳記憶空間的過往愛情，說到底，妳給我的愛情位置一直都太小。」

「你的策略奏效了，我是真的受苦了，現在你的愛情位置大得不得了，我的記憶體空得不得了，現在我關於愛情的回憶真的只剩下你了。」

「那麼我們可以去jump了嗎？」

「好像沒有道理說不行，我是很晚才懂得如何去愛一個人，但是我在了解如何愛人之前，好像早就愛上你了，多年前第一次見面的時候，我趁你睡著時偷偷親了你。」

「……其實那時我還醒著。」

「什麼?!那你幹嘛一直不說！」

「當然因為妳是個難搞的女人囉。」

F與愛瑪的笑聲從路的盡頭傳來，那一刻，他們的聲音裡是百分之百的快樂。

那是大家最後一次在貍貓食堂看見愛瑪。

當時，愛瑪的哥哥看著愛瑪遠去的背影說了：「最浪漫、最懂得愛的是巴哈。她終於找到了她應該的數字。」多年前當愛瑪要去日本跟初戀雙宿雙飛時，不放心的哥哥在機場分別時跟愛瑪說了：「妳只有找到一個靈魂大妳十歲的戀人妳才會幸福。讓妳甘心跟隨，安心相守，包容妳，引導妳，這是我看著妳這二十幾年來得到的心得。如果可以，我還真想寫一本『飼養貍貓小手冊』給妳的戀人。」

後來根據蕾西和艾琳的透露，愛瑪當時在四面佛面前許的願，正如所有的女生一樣，希望幸福永永久久，真真正正懂得當個女人。

愛瑪，蕾西，艾琳，後來一直分隔三地，可是她們偶爾會在跟男友嘔氣出走時在某地相會。還是共睡一張床，共泡一個浴缸，當她們在一起的時候，總是可以尋回那失落的wonderland。關於一起胡鬧，瞎搞，鬼扯蛋的本事還是一直沒有生疏，也許她們都還不是真真正正的淑女，但是她們終於懂得，愛情要用力懷抱，小心維護，一收一放之間，幸福，不知不覺就走到了永遠。

Fin

集夢坊

轉身，遇見彩虹

出版者●集夢坊
作者●愛瑪
印行者●華文聯合出版平台
出版總監●歐綾纖
副總編輯●陳雅貞
責任編輯●吳欣怡
美術設計●吳吉昌
排版●陳曉觀

國家圖書館出版品預行編目資料

轉身，遇見彩虹／愛瑪 著
-- 新北市：集夢坊，民103.02
面； 公分
ISBN 978-986-90110-1-3（平裝）

857.7 102024941

台灣出版中心●新北市中和區中山路2段366巷10號10樓
電話●(02)2248-7896 傳真●(02)2248-7758
ISBN●978-986-90110-1-3
出版日期●2014年2月初版

郵撥帳號●50017206采舍國際有限公司（郵撥購買，請另付一成郵資）
全球華文國際市場總代理●采舍國際 www.silkbook.com
地址●新北市中和區中山路2段366巷10號3樓
電話●(02)8245-8786 傳真●(02)8245-8718

全系列書系永久陳列展示中心
新絲路書店●新北市中和區中山路2段366巷10號10樓 電話●(02)8245-9896
新絲路網路書店●www.silkbook.com
華文網網路書店●www.book4u.com.tw

本書係透過全球華文聯合出版平台（www.book4u.com.tw）印行，並委由采舍國際有限公司（www.silkbook.com）總經銷。採減碳印製流程並使用優質中性紙（Acid & Alkali Free）與環保油墨印刷，通過碳足跡認證。

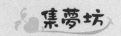